KB126914

녀석의 깃털

녀석의 깃털

윤 해 연 단 편 집

 비룡소

차례

「
전
이
개
누
공
」

사람의 구명에 대해서 말하고자 한다. 콧구멍, 눈구멍, 귓구멍, 똥구멍, 오줌 구멍…… 배꼽도 구멍으로 친다면 사람에게는 대여섯 개의 구멍이 있다. 그런데 내게는 구멍이 하나 더 있다. 전 세계 인구 중에 나 같은 인간이 5프로나 있다니 빠른 진화에 뒤처진 인간이 꽤 있다는 것이다.

전이개누공 혹은 선천성 이루공은 귓바퀴 앞쪽에 있는 구멍을 말한다. 귓바퀴가 시작되는 윗부분에 송곳으로 콕 찍어 놓은 듯한 구멍인데 머리카락 때문에 일반 사람들은 잘 발견하지 못한다. 어쩌면 당연한 일이다. 퇴화된 아가미는 수줍게 자리해야 할 것이다.

"이번에는 수술해야겠는데?"

하얀 가운이 안경을 추켜올렸다.

수없이 대답한 걸 반복하고 싶지 않아서 의자에서 일어섰다.

"병진아, 수영을 계속하고 싶으면 수술해야 한다니까……."

말이 끝나기도 전에 진료실을 나섰다. 진료실 문은 언제나 무거웠다. 그 무거움만큼 닫히는 속도도 묵직했다.

수영을 하는 내게는 이 구멍이 아킬레스다. 자주 물이 차서 염증이 되어 진물이 나오기 때문이다. 대개는 간단한 시술로 소독하고 약 먹으면 괜찮아지긴 하는데 미련 맞게 진물 차는 걸 참다간 꽤 성가신 시술이 된다. 구멍을 째서 염증을 긁어내야 하기 때문이다. 그래서 의사가 수술을 적극 권장하는 거다. 전이개누공 아래에 있는 주머니 자체를 추출하고 구멍을 막으면 잦은 시술을 안 해도 되니까.

"또야? 도대체 너한테는 왜 그런 구멍이 있는 거냐?"

호석이 내 귓바퀴 앞부분에 붙은 하얀 거즈를 보고는 혀를 찼다.

"내가 어떻게 알아?"

매번 같은 대답을 하는 것에 나도 지쳤다.

"차라리 수영을 관둬. 꼴찌만 하는 수영에 왜 그렇게 집착하는데? 수영으로 대학 갈 것도 아니잖아?"

"꼴찌는 아니거든?"

"거의 꼴찌 맞거든! 그리고 대학 갈 것도 아닌데 너처럼 목숨 걸고 수영하는 놈이 어디 있냐? 그냥 좋아서 하는 것치곤 이상하잖아……."

"이상한 일 좀 하면 안 돼? 가자!"

진료실 복도 의자에 앉아 있던 호석이 나를 따라 일어섰다.

외출증을 끊고 나온 우리는 바로 학교로 복귀해야 했지만 어렵게 얻은 기회를 허투루 날릴 수는 없었다. 가장 먼저 보이는 피시방으로 향했다. 최소한 일주일 이상은 수영 대신 통원 치료를 받아야 한다. 당분간은 이곳이 우리의 휴식처가 될 터였다.

열흘 만에 수영장으로 향했다. 마땅히 할 일이 없는 호석도 나를 따라왔다. 오늘도 이 층 스탠드에서 시간을 때울 모양이다.

7월 말이라 물이 시원하게 느껴졌다. 준비 운동을 하고는 물 속으로 들어갔다. 수면의 일렁거림이 내 몸에 닿았다. 물의 마찰이 그대로 전해졌다. 가볍게 평형으로 물살을 가르다 몸을 뒤집었다. 배영으로 치고 나가다 손짓을 멈추었다. 팔로 젓지 않아도 몸이 자연스럽게 물 위에 떴다. 수영장 천장이 시야 가득

들어왔다. 조명에 눈이 부셨다. 살짝 고개를 젖혀 물속에 귀를 담근다. 주변의 소음이 귓속에서 웅웅거린다. 옆 라인에서 물을 차는 소리, 킥판이 물을 밀고 나가는 소리, 왁자지껄한 대화 소리. 물은 공평하게 이 모든 소리를 적당히 잠재웠다.

이 울림이 좋았다. 울림을 먹고 잠수를 하면 또 다른 영상이 나를 사로잡는다. 물 밖 현란한 움직임이 아닌 물속 안간힘이 경이롭다. 부상하기 위한 저 버둥거림. 물속 풍경은 나랑 많이 닮았다. 물 위로 내 몸을 띄우기 위한 수고는 물속에 숨겨진 법이다. 그게 내가 수영을 하는 이유다. 나는 오래도록 물속에 있고 싶었다.

그러니까, 내게는 아가미가 필요했다.

수영부 코치가 킥판을 두드리는 소리가 수영장 가득 울렸다. 웃고 찧고 까불던 녀석들이 일제히 동작을 멈췄다.

"병진이는 나오고, 너희들은 다섯 바퀴 돌아."

오늘도 그냥 넘어가지 않으려나 보다.

잠영으로 레일을 가로질러 코치가 있는 1번 레일 앞에 가서 멈춰 섰다.

"물 밖으로 나와."

"왜요?"

"왜라니? 너랑 얘기 좀 하려고 그러지."

"그냥 여기서 하세요."

"다른 애들 훈련하는 데 방해되잖아. 밖으로 나와."

내가 물 밖으로 나오자 코치가 상담실로 향했다. 나올 얘기가 빤한데 상담실까지 가는 게 마음에 들지 않았다.

"왜요?"

상담실에 들어가자마자 나도 모르게 또 묻고 말았다.

"뭘 자꾸 물어. 수영 그만둬."

"싫어요."

"어머니한테 전화 왔어. 벌써 몇 번째야? 흉터가 꽤 커졌다면서?"

"흉터 아니거든요!"

"흉터가 아니면 뭔데?"

"……구, 구멍이요."

하마터면 아가미라고 말할 뻔했다.

"구멍? 그게 무슨 콧구멍이냐? 어쨌든 또 재발했잖아. 수영 그만두고 싶지 않으면 수술하고 와."

"싫어요."

"싫어요가 너희들 전유물이냐? 어쩌 너희들은 무슨 말만 하면 죄다 싫어요야. 이것들이 좋다, 좋다 하니까 코치 알기를 옆집 아저씨만큼도 대우를 안 해."

"하여튼 싫어요."

"싫은 이유를 논리적으로 설명해 봐. 그래야 내가 어머니를 설득이라도 해 볼 것 아니야?"

"……그런 거 없어요."

코치는 내 얼굴을 빤히 바라보며 한숨만 폭폭 내쉬다 상담실 밖으로 나가 버렸다. 아무리 기다려도 자신이 원하는 답을 얻지 못할 걸 안 것 같았다.

전이개누공을 막는 수술은 비교적 쉽다고 했다. 귓구멍이 따갑도록 들은 말이다. 눈구멍으로 시술 결과를 인터넷으로 보고 또 봤다. 그럼에도 나는 왜 이 구멍을 막지 못하는 것일까? 호석이가 말한 대로 구멍을 막으면 수영을 못하게 될까 봐 두려워서일까? 사실은 나도 모르겠다. 내 몸에 있는 현상을 내가 다 안다면 너는 내가 아닐지도 모른다. 말로 표현할 수 없는 수많은 것들 중 하나일 뿐이다.

수영장으로 돌아오니 연습을 하던 녀석들이 출발대 위로 올라가고 있었다. 나도 비어 있는 6번 레일 출발대 위에 올라섰다. 내가 올라간 걸 확인한 코치가 타이머를 확인하더니 호루라기를 입으로 가져갔다.

크게 호흡을 가다듬고 허리를 숙여 출발대의 모서리를 잡았다. 조용히 출발 신호를 기다렸다. 사방이 일순간 정지된 느낌이다.

휘이익!

휘슬 소리와 함께 오른발을 힘껏 밀어내며 몸을 뻗어 비상했다. 몸이 수평에 가깝게 날며 가볍게 입수했다. 팔을 쭉 뻗은 채허리를 유연하게 흔들며 물을 가르고는 아래로, 아래로 향했다. 그러자 내 아가미가 서서히 열렸다. 구멍이 열리고 닫히며 잠영을 시작한다.

바닥의 코스라인에 투명한 물그림자가 일렁인다. 말이 없는 기포들이 살아 움직인다. 색을 안은 물이 형형색색 나를 채운다. 수경과 수모를 벗어 버렸다. 수영복마저 벗어 버리자 물이 맨몸을 감싸 안았다. 레일을 따라 움직이던 아이들이 갑자기 소란스럽다. 나와는 상관없는 세상이다. 나는 깊고 깊은 곳으로 가라앉는다. 이곳이 내 세상이다. 비로소 숨을 쉰다. 구멍은 벌어지고 닫히며 내 숨을 먹는다, 뱉는다.

삐익! 삐익!

길고 긴 휘슬 소리가 멀리서 경고한다. 아직은 멈추고 싶지 않은데.

"괜찮아?"

눈을 뜨자 호석의 얼굴이 눈앞에 있었다.

"으…… 응…….."

"이 새끼, 십년감수했네! 날 아주 잡아 잡쉈라……. 어휴!"

호석의 머리 위로 코치가 걱정이 가득한 눈으로 날 내려다보
고 있었다.

몸을 일으키자 속이 울렁이며 염소 냄새가 역하게 올라왔다.

커억!

신물과 더불어 수영장 물이 딸려 나왔다.

"네가 물고기야? 잠영을 그렇게 오래 하면 죽는 거 몰라?"

코치가 벌건 얼굴로 아까보다 더 씩씩거렸다.

"제가요?"

"그래, 녀석아! 너 다른 아이들이 턴하고 돌아올 때까지도 물
속에 있었어."

코치가 말하자 여기저기 서 있던 아이들이 떠들기 시작했다.

"5분도 넘게 물속에 있었지?"

"에이, 설마……."

"아냐, 5분 넘게 있었어. 확실하진 않지만······."

"근데 수영복은 왜 벗은 거냐? 오병신이 이젠 오변태로 변신했나?"

성태 말에 아이들이 와르르 웃어 젖혔다. 순간 걱정과 염려, 의아함이 놀림으로 바뀌었다. 그러자 호석이 갑자기 성태의 가슴팍을 밀어 버렸다.

"어어어······."

성태의 몸이 힘없이 밀려났다.

그때 코치가 아이들을 향해 버럭 소리를 질렀다.

"다시 한 번 오병진 이름 갖고 놀리면 너희들 전체 기합이야. 알았어?"

"네에······."

아이들이 흥미를 잃고 흩어졌다.

잠영의 대가가 컸다. 수영복을 벗은 게 복장 불량인지는 모르겠으나 반성문을 매일 일주일이나 제출해야 했다. 당분간 수영장 레일 출입 금지는 물론이고 훈련도 물 건너갔다. 가을 도대회에도 나갈 수 있을지 모르겠다.

곧 알몸으로 수영을 했다고 학교 전체에 소문이 났다. 어딜 가나 오병신 대신 오변태로 불리었다. 그럼에도 나랑 호석은 매일같이 수영장 스탠드로 출석 도장을 찍다시피 했다. 성태를 비롯한 아이들이 열심히 훈련을 하고 있었다. 레일을 따라 물살을 가르는 아이들이 마치 열을 맞추어 헤엄치는 물고기처럼 보였다. 단연코 성태의 영법이 가장 도드라졌다. 안정적인 발차기와 포물선을 그리는 우아한 손동작, 유연한 롤링으로 인한 몸놀림은 위에서 보면 확연히 차이가 났다.

"수영복은 왜 벗은 건데?"

호석이 작정하고 물었다.

"……."

딱히 할 말이 없었다. 솔직히 나도 설명할 수가 없었으니까.

"억압이니 어쩌니 그딴 말은 꺼내지도 마라. 그렇잖아도 이상한 놈으로 찍혔으니까."

"병신보단 낫잖아."

"미친놈! 수영이 그렇게 좋냐?"

호석이 물었다.

"넌 안 좋아?"

중학교 때까지 호석도 수영부였다. 고등부 수영부는 선수로 꾸려지면서 호석은 자연스럽게 탈락한 셈이다.

"난 물이 싫어. 춥고, 습하고, 숨쉬기도 겁나 힘들잖아."

"그래서 샤워도 싫어하냐, 인간아?"

"그게 뭐? 다 너처럼 물이 좋은 건 아니거든."

"그렇다고 일주일에 한 번밖에 샤워 안 하는 인간은 너밖에 없을 거다."

"일주일에 두 번은 하거든!"

"그래, 많이도 한다……."

녀석이 내 머리를 잡더니 헤드록을 걸었다.

어쩌면 나는 수영보다 잠영이 더 좋은 건지도 모르겠다. 호석은 그게 그거라고 하지만 엄밀히 따지면 수영과 잠영은 다르다. 수영은 인간을 위한 헤엄이고 잠영은 아가미가 있는 생물을 위한 헤엄이다.

퇴화된 아가미는 더는 인간에게 필요 없는 구멍이 되었다. 잊힌 도구가 얼마나 쓸모없는지 전이개누공이 잘 말해 주고 있다. 대부분의 사람들이 이 누추한 구멍을 막고 있다.

매일매일 반성문을 정성껏 썼다. 다시는 수영복을 벗지 않겠노라 다짐의 글도 썼고 도대회에 나간다면 우수한 성적으로 보답하겠다, 호기 어린 장담도 했다. 내 정성이 갸륵했는지 다행히 도대회 맨 마지막 계주 주자로 나갈 수 있게 되었다.

다시 연습이 시작된 날 새벽같이 일어나 수영장 앞에서 코치를 기다렸다.

"오병진, 이런다고 갑자기 성적이 오르지 않아. 넌 영법도 괜찮고 발차기는 환상적이지. 노 브리딩 상태로 너만큼 수영하는 녀석도 드물 거다. 퀵턴*도 훌륭하고 다 좋은데 그놈의 손동작이 문제야. 팔로 물을 밀어낼 때 팔꿈치가 너무 높게 들린단 말이야."

"고칠 수 있어요."

"그럼 그 구멍 막고 와. 솔직히 난 네 장점만 보면 너무 완벽해서 탐이 나거든. 나머진 어떻게 해 보자."

나는 코치에게 좀 더 생각해 보겠다고 말했다.

방학이 되면서 강도 높은 훈련이 시작되었다. 새벽부터 빽빽하게 찬 훈련표가 잘 말해 주었다. 특기생으로 대학에 들어가려면 도대회 성적이 중요했다. 그래서 아이들은 내가 마음에 들지 않았다. 나로 인해서 자신이 피해를 볼지도 모른다고 생각하는 것 같았다. 게다가 코치가 본격적으로 내 팔 동작을 수정해 준다면서 많은 시간을 내게 할애했다. 하지만 문제는 아이들도 코치도 아니었다. 조금도 바뀌지 않는 나 자신이었다.

----

*물속에서 회전하여 발로 벽을 차는 것.

"하필이면 왜 오병신이 마지막 주자냐고. 코치가 미친 거 아니야?"

성태가 코치가 없는 틈을 타 투덜댔다. 슬쩍 스탠드를 쳐다봤지만 새벽 훈련에 호석이 올 리 없었다. 설령 호석이 왔다고 해도 이런 상황에서 호석이 할 수 있는 건 많지 않았다. 고만고만한 녀석 둘이 있다고 없던 힘이 생기는 것도 아니니까. 다만 둘이라면 조금은 수월하게 견딜 수 있다. 나는 호석에게 그런 존재이고 호석도 내게 그런 존재였다.

"이번에 순위권 안에 들지 못하면 특기생은 포기야."

다른 녀석도 불안하긴 마찬가지였다.

"오병신이 그렇게 대단해?"

누군가 묻자 성태가 나를 보며 되물었다.

"직접 물어보든가?"

아이들이 일제히 나를 바라봤다. 나는 모른 척, 못 들은 척 잠수를 했다. 모든 소음으로부터 도망갈 수 있는 가장 안전한 방법이었다.

코치도 이런 분위기를 모르지 않았다. 아이들을 각개전투 하듯 한 명씩 설득하는 모양이었다. 계주는 팀워크가 중요했고 팀워크는 하루아침에 만들어지는 것이 아니었다. 서로를 믿지 못

한다면, 서로를 의지하지 않는다면, 계주는 형편없이 지게 될 것이다.

여름방학이 그렇게 끝나 갈 때쯤 코치가 극약 처방을 했다. 1박 2일짜리 전지훈련이었다. 말이 전지훈련이지 방학이 끝나기 전에 단합 차원에서 물놀이를 가는 거였다.

코치의 시골집 근처에 있는 계곡에서 하룻밤을 묵기로 했다. 호석이 같이 가게 된 것도 코치의 특별한 처방 중 하나였다. 아이들과 나의 갈등을 이참에 해결하겠다는 강력한 의지였다. 호석이 무슨 도움이 될진 모르겠지만 아이들도 제집 드나들 듯 오는 호석을 그리 신경 쓰지 않았다.

시골집에 짐을 풀자마자 우리는 계곡으로 향했다. 계곡은 코치가 뻥을 친 것만큼은 아니었지만 그런대로 놀 만한 곳이었다. 폭도 어느 정도 있었고 깊이도 허리를 조금 넘어서 물장구치고 놀기엔 적당했다. 물놀이 공 하나로 삼삼오오 놀기도 했고 대형 검정 고무 튜브에 몸을 얹은 녀석도 있었다. 적어도 이곳에서만은 물의 저항을 생각하지 않고 즐겨도 될 터였다.

"장마 때문에 저 아래가 뒤집어졌다고 하더라. 그곳은 물살이 세니까 안전하게 이곳에서만 놀아. 수박 가져올게."

어느 정도 놀자 출출했는지 코치와 호석이 먹을 걸 가지러갔다.

코치와 호석이 사라지자 성태가 아이들에게 말했다.

"저 바위까지 누가 먼저 도착하는지 내기하자."

성태가 가리킨 너럭바위까지는 물살도 세고 거리도 멀어 보였다. 하지만 서너 명이 올라가서 누워도 될 정도로 크기가 커서 계곡의 서늘한 기운을 따뜻하게 데워 줄 게 분명했다.

수영장이 아니니 기록이 좋지 않은 아이들에게도 꽤 승산이 있었다. 훈련된 영법이 아니라면 비슷한 실력일 게 빤했다.

아이들은 자신들이 정한 출발 신호와 함께 너럭바위를 향해 헤엄쳤다. 대부분이 머리를 빼고 하는 자유형에 가까웠지만 몇몇 녀석은 훈련받은 대로 영법을 구사하기도 했다. 마구 헤엄치는 것에 익숙하지 못해서다.

일곱 명이 한꺼번에 출발하자 넓다고 생각한 계곡의 폭이 좁아 보였다. 아이들은 엄청난 물장구와 함께 힘차게 헤엄쳤다. 비슷할 거라고 생각했던 실력이 여기에서도 여실히 드러났다. 성태가 가장 앞섰기 때문이다.

그런데 아이들이 갑자기 소리를 지르기 시작했다. 단순한 오버 페이스가 아니라 물살이 급격하게 빨라지면서 아이들 몸이 빨려 들어가듯이 휩쓸리고 있었다. 그동안 받은 훈련은 아무런 쓸모가 없었다. 그나마 뒤늦게 쫓아가던 몇몇 아이들은 그 구간을 무사히 빠져나왔지만 서너 명의 아이는 머리만 올라왔다 가라앉기를 반복했다.

"구해야 돼!"

"코치님 불러 와!"

"야, 튜브 던져, 튜브!"

외마디 소리들이 비명처럼 계곡에 울렸다.

나를 비롯해 간신히 빠져나온 아이들은 발을 동동 구르며 목소리를 높였지만 다시 물속으로 들어갈 용기는 없어 보였다. 그렇다고 무턱대고 내가 들어갈 처지도 아니었다. 수없이 반복해서 들었던 구조 매뉴얼 중 하나였다. 누군가 물에 빠졌다고 맨몸으로 구하러 들어가면 안 된다는 걸 너무도 잘 알고 있었다.

아래 계곡은 바닥 지형이 꽤 깊어 보였다. 발이 바닥에 닿지 않을뿐더러 물살이 빨라지기 시작했다.

"사, 살려……."

누군가의 외침을 계곡물이 집어삼켰다.

나는 물가에 있던 튜브를 들고 아래 계곡으로 뛰어들었다.

출렁, 지형이 심하게 낙하되면서 몸이 깊숙이 가라앉았다. 마치 블랙홀에 빠진 듯이 모든 걸 휘몰아 잠식하는 것 같았다. 튜브를 놓치지 않으려 안간힘을 썼지만 너무 굵은 튜브가 오히려 방해되었다. 왼팔에 감는다고 감았지만 한 팔로 잡기에는 튜브가 너무 컸다. 잠시 휘청하는 사이에 튜브를 놓치고 말았다. 그 사이 머리 하나가 출렁이는 물 위로 보였다 사라졌다.

순간, 나도 모르게 물속으로 잠영해 들어갔다.

"야, 안 돼!"

"병신아, 나와!"

"오병진!"

누군가 사납게 소리쳤다.

소리는 물속에서 메아리처럼 점점 아득해졌다.

닫혔던 아가미가 서서히 열리며 나는 누구보다 자연스럽게 물속을 유영하듯 헤엄쳤다.

기포가 내 주변으로 피어올랐다. 휘몰아치는 세찬 물결은 물속도 마찬가지였다. 하지만 내게는 아무런 문제도 되지 않았다. 나는 유연하게 물살을 가르며 세찬 물결을 헤쳐 나갔다. 물살과 싸울 필요가 없었다. 그저 물살이 나와 한 몸처럼 느껴질 뿐이었다.

저만치 성태가 보였다. 성태는 의식은 있었지만 물을 많이 마셔서 자꾸만 가라앉고 있었다.

성태에게 다가가 녀석을 뒤에서 잡으려 하자 녀석이 나를 부둥켜안으려 했다. 나는 녀석을 발로 밀며 성태의 두 눈을 똑바로 쳐다봤다. 그제야 성태가 내게 자신의 몸을 맡겼다. 자신이 당황해서 나를 안을수록 함께 가라앉을 수밖에 없다는 걸 용케 기억한 것 같았다. 성태는 기운이 많이 빠진 상태였지만 물가 가까이 다가가자 제 발로 땅 위를 걸었다. 나는 밖에 있던 녀석들이 달려오는 걸 확인하고는 다른 녀석들을 찾아 물속으로 다시 들어갔다.

"병진아, 조심해!"

누군가 뒤에서 소리쳤다. 이번에는 사납지 않은 소리였다.

물에 빠진 아이들은 모두 세 명이었다. 나머지 두 명을 끌어올리고 나자 나는 그제서야 긴장이 풀려 버렸다.

물에서 나온 우리는 그대로 바닥에 누워 멍하니 하늘을 바라봤다. 여름의 끝자락에 걸린 하늘색은 더없이 고왔다. 격렬했던 물색과는 비교할 수 없을 만큼 평화로워 보였다.

코치와 호석이 수박과 찐 옥수수를 가지고 왔을 때 우리 모두는 그저 열심히 놀다 지친 듯 보였다. 다행히 물에 빠진 세 명도 많이 지쳐 있을 뿐 크게 다친 곳은 없었다.

그 후 누구도 그 일에 대해서 말하지 않았다. 누군가 나를 두고 괴물이라고 말했다. 단 한 번도 숨을 쉬지 않고 잠영을 했다고 한다. 물론 나는 기억나지 않았다. 내가 숨을 쉬었는지 쉬지 않았는지. 하지만 분명한 건 있었다. 그날 나는 나의 아가미가 활짝 열리는 걸 느꼈다. 전이개누공이 조금도 쉬지 않고 열리고 닫혔다.

결국 도대회에 참가하지 못했다. 구멍이 더 벌어져서 다시 고름이 찬 것이다.

호석과 나는 진료실 앞에서 내 이름이 불리길 기다리고 있었다.

"오병진! 진료실 안으로 들어오세요."

간호사가 눈을 흘기며 나를 쳐다봤다. 내 대기 번호가 진료실 앞에 있는 화면에 깜박거렸지만 휴대폰 게임을 하느라 놓치고 말았기 때문이다.

"저도 들어가면 안 돼요?"

호석이 따라 일어섰다.

"본인만 괜찮으면 상관없어."

간호사가 나를 보았다.

"전 상관없어요."

"그럼 같이 들어가 봐."

진료실로 들어가자 하얀 가운이 호석과 나를 번갈아 쳐다봤다.

"친구도 데리고 왔네?"

하얀 가운이 따라 들어오는 호석을 바라보았고 호석은 고개를 숙여 인사했다. 나는 아무런 대답도 하지 않고 의자에 앉았다.

안경을 쓴 가운이 내 귀를 잡아 전이개누공을 살피더니 곧이어 사정없이 눌러 댔다.

"아! 아!"

통증이 귓바퀴에서 얼굴 전체로 퍼졌다.

"어허, 이거 봐라……."

하얀 가운이 안경을 추켜올렸다.

"왜요?"

서 있는 호석이 물었다.

"상처가 이상하게 벌어졌는데?"

"어떻게요?"

이번에도 호석이 빨랐다.

"이건 마치…… 아가미처럼 벌어졌어."

하얀 가운이 믿을 수 없다는 듯이 중얼거렸다.

"아가미요?"

이번에는 내가 물었다.

"그래, 아가미 모양으로 벌어졌네. 이런 건 나도 처음 본다."

하얀 가운이 내 귀를 잡고 이리저리 돌려 가며 소독약에 젖은 거즈로 연신 구멍을 닦아 냈다.

"사진 찍어도 돼요?"

내가 묻자 가운이 살짝 놀라며 나를 바라보았다.

"뭐라고?"

"사진 찍어도 되냐고요?"

"어딜? 아가미…… 아니, 구멍 말이냐?"

"네."

"……그래."

하얀 가운이 거즈를 잡은 핀셋을 내리자 나는 일어서서 호석에게 다가갔다.

"얼른 찍어."

"진짜?"

"빨리 찍으라니까."

"뭐 하러?"

녀석이 자꾸만 물었다. 순간 짜증이 울컥 올라왔다.

"친구, 좀 찍어 줘라. 괜찮다면 그 사진 나한테도 한 장 보내 줄래? 이런 건 나도 처음 봐서 그래."

하얀 가운이 나서자 호석이 순순히 휴대폰을 꺼내 사진을 찍었다. 의사 선생님한테 줄 사진이라서 정성을 다해 찍었다는 말도 잊지 않았다.

드디어 수술 날짜가 잡혔다. 이대로 뒀다간 신경 근육까지 위험해질 수 있다고 해서다.

나는 빈센트 반 고흐처럼 한쪽 귀에 하얀 거즈를 대고는 밖으로 나왔다. 호석은 의사에게 사진을 전달하느라 나보다 뒤늦게 밖으로 나왔다.

"나 이비인후과 의사가 돼야겠어."

호석이 간호사에게 구십 도로 인사하며 실실 웃어 댔다.

"네 진로를 위해서 좀 더 빨리 만나게 해 줄 걸 그랬다."

"그러니까 말이야."

내가 비아냥거려도 녀석은 아랑곳하지 않았다.

나는 천천히 걸어서 피시방이 있는 방향으로 갔다.

"그쪽 아냐."

호석이 반대 방향을 가리키며 말했다.

"어디? 더 좋은 데 있냐?"

"피시방 말고 오늘은 갈 데가 있어."

호석이 잔말 말고 따라오라며 버스 정류장 앞에 섰다. 나도 딱히 묻고 싶지 않아서 멍하니 따라 섰다.

버스까지 타고 도착한 곳은 용천구체육센터였다. 다시 개장한 곳이라 시설이 깨끗했다.

마침 용천구 연맹 회장배 마스터 수영 대회가 열리고 있었다. 용천구에 사는 사람이라면 누구나 참여가 가능한 경기다. 초등부, 중등부, 고등부, 성인부, 시니어부로 나뉘어 경기를 하는데 어찌나 사람이 많은지 센터 밖까지 사람들로 넘쳐났다. 물론 선수 자격을 가지고 있는 사람은 제외다. 순전히 아마추어들을 위한 경기이기 때문이다.

호석이 왜 나를 데리고 여기에 왔는지 모르겠지만 아마추어 수영 대회라니 궁금하긴 했다.

우리는 언제나처럼 스탠드를 찾아 이 층으로 올라갔다.

"여기 왜 온 거냐?"

자리에 앉자마자 더는 참지 못하고 물었다.

"기다려 봐. 재미난 걸 보여 줄게."

막 성인부 경기가 끝났다. 아마추어이지만 꽤 실력이 좋은 사람들도 눈에 띄었다. 영법에서 차이가 많이 나서 순위 간 실력 차이도 컸다.

"다 끝난 거 아니야?"

"기다려 보라니까."

호석이 일어서려는 나를 끌어 앉혔다.

"다음은 시니어부 경기가 있겠습니다!"

안내 방송이 흘러나왔다.

사람들이 일순간 환호성을 지르며 박수 소리가 커졌다.

70대 할머니들이 경기장 안으로 천천히 들어서고 있었다. 울퉁불퉁한 몸매에 축 처진 살들이 수영복으로도 감춰지지 않았다. 허리가 굽거나 비례가 무너진 몸들이 수영장 안에 등장하자 사람들은 열광했다. 무엇이 사람들을 이처럼 흥분하게 만든 건지 나는 어안이 벙벙했다. 호석은 모든 게 흥미진진한 눈치였다. 급기야 어떤 할머니는 경기 진행 요원의 손을 잡고 걸어 들어왔다. 지팡이를 잡지 않았다 뿐이지 선수라고 하기에는 민망해 보였다.

시니어 선수들은 출발대에는 아예 올라가지도 않았다. 진행 요원들의 도움으로 선수들이 하나둘 물속으로 들어갔다. 심판이 안전하게 모든 선수들이 준비되었는지를 확인했다. 그러고도 한참을 기다렸다 휘슬을 불었다.

그러자 놀라운 광경이 벌어졌다.

늙고 연약한 몸으로 그들은 물속을 헤엄치고 있었다. 정확한 영법은 아니었지만 분명히 수영이란 걸 하고 있었다. 물 찬 제비처럼 유연한 몸짓이었다. 그들은 지상에서와는 달리 빠르고 유연하고 우아했다. 저런 몸으로 저런 영법을 구사할 수는 없었다. 도무지 이해할 수 없는 광경이었다. 순간 온몸에 소름이 돋았다.

지상에서는 이미 노쇠하여 더는 제 기능을 하지 못하는 몸이었지만 물속에서는 달랐다. 마치 퇴화된 아가미를 숨기고 있던 오래된 인류가 마지막 헤엄을 치고 있는 것 같았다. 그러니까 그들에겐 아가미가 있어서 그런 거였다.

나도 모르게 자리에서 일어섰다.

아가미를 가진 최후의 인류를 보는 양 그들을 바라보았다.

내 전이개누공이 간질간질했다. 물을 만난 물고기의 그것처럼.

「 녀
석
의

깃
털 」

녀석이 날고 싶다고 했다. 웃지도 않고 표정 하나 변하지 않고 자기가 바라는 꿈이라고 말했다.

"뭐? 날고 싶다고? 의사나 판검사도 아니고 고작 나는 게 꿈이라고? 장난해?"

어이가 없었지만 일단 접수하고 물었다.

"의사, 판검사는 꿈이 아니지."

녀석이 날 지그시 바라보았다. 마치 어린양을 내려다보는 것 같았다.

"꿈이 아니면 뭐냐?"

"이루어질 수도 있는 건 꿈이 아니야, 목표지. 진짜 꿈은 이루어지면 안 돼. 이루어지는 순간 더는 꿈이 될 수 없어."

"야, 네가 틀렸거든? '꿈은 이루어진다'라는 광고 못 봤냐?"

"그 광고가 그래서 말이 안 된다고 생각해. 내 꿈이 진짜지. 이루어질 수 없는데 반복해서 같은 꿈을 꿔. 한두 번이면 자면서 꾸는 꿈이라고 생각할 텐데 매번 같다면 내가 진짜 원한다는 거지. 분명해."

녀석이 너무 진지해서 하마터면 믿을 뻔했다.

그래서 나도 진지하게 물었다.

"어떻게 나는데? 어깻죽지에서 날개라도 돋는 건 아니지?"

"아주 간단해. 어깨에 힘을 빼고 팔을 자연스럽게 떨어뜨린 다음에 이렇게 젓는 거야."

녀석은 나를 마주하고 서더니 팔을 살짝 들어 올린 다음 위아래로 저었다. 몸은 그 반동으로 위아래로 오르내렸다. 아주 아주 천천히.

정말로 녀석의 발끝이 공중으로 뜨는 건 아닌지 확인해야만 했다. 터무니없게도 녀석이 부유하듯 날아오를 것만 같았기 때문이다.

말을 하면서 녀석의 안경 속 눈알은 웃지 않았지만 입가엔 옅은 미소가 달려 있었다. 녀석이 이렇게 편안해 보이는 건 오랜만이었다.

"그래서 꿈속에서는 날았어? 얼마나 높이?"

더 구체적으로 물었다. 꾸며 낸 이야기면 디테일에서 실수하는 법이니까.

"그렇게 팔을 저으면 몸이 살짝 떠. 점점 떠오르지. 그다음에는 수평으로 내 몸을 조종할 수가 있어. 그리 높이 날지는 못해. 아마 저 건물 높이만큼?"

녀석이 옆에 있는 건물을 손으로 가리켰다.

"에이 뭐야, 시시하게. 겨우 2층 높이야?『무빙』도 아니고. 그건 초능력이 아니잖아?"

아마도 녀석은 웹툰에 심각하게 빠진 모양이었다. 최근에 인기 있는 웹툰에도 하늘을 나는 아이들이 나왔다. 초능력을 가진 아이들은 하늘을 빠른 속도로 날았고 어마 무시한 힘을 가졌다. 그런데 녀석은 유치원생의 율동에 가까운 날갯짓으로 겨우겨우 뜨는 것이 꿈이라고 했다. 고층 빌딩이 즐비한 이곳에서 2층은 꿈같은 높이가 아니었다. 날 필요도 없이 어쩌면 뜨는 것에 불과한 높이였다. 그러니까 판검사, 의사가 꿈이 아닌 바에는 차라리 초고층 빌딩 위를 나는 초능력이 더 그럴듯해 보였다. 저 정도라면 누구나 확인이 가능한 높이고, 확인이 가능하다는 건 이미 판타지가 아니기 때문이다.

　우리는 산책을 그만하고 다시 스터디 카페로 향했다. 주말이면 아침 일찍 녀석과 만나 신촌의 스터디 카페에서 공부를 했다. 카페에서 가까운 편의점을 찾아 점심을 적당히 해결하고 그리 멀지 않은 대학교 캠퍼스까지 걷는 게 우리의 코스였다. 소화도 시키고 공부로 지친 머리를 식히려고 선택한 곳이었지만 녀석과 내가 앞으로 다닐 대학이 이곳이길 바라는 마음이 컸다. 병원 건물을 끼고 있는 대학의 교정은 웬만한 도로만큼 넓었고 정갈한 길을 따라 벚꽃이 한창이었다. 그 길을 따라 깊숙이 들어가면 오래된 건물마저 그 위풍이 저절로 느껴지곤 했다. 언젠가는 이 학교의 일부가 되어 지금 보고 느끼는 모든 걸 일상처럼 누리고 싶었다.

　녀석과 나는 서로 지치지 않도록 세심하게 돌봤다. 혼자 이겨 내기에는 너무도 길고 힘든 시간이었는데, 녀석이 있어서 다행이라고 생각했다.

　며칠 후 녀석이 자기 집으로 나를 불렀다. 목소리가 꽤 심각해서 학원까지 빠지고 쫓아가야 했다.

　"왜? 무슨 일이야?"

　현관문을 열자마자 목소리를 높였다.

"쉿!"

녀석이 손가락으로 안방을 가리켰다. 직장을 다니느라 바쁘시다던 녀석의 어머니가 어쩐 일로 집에 계셨다.

녀석은 자기 방으로 내 팔을 잡아끌었다.

"진짜 무슨 일이야?"

나도 모르게 긴장해서 목소리를 잔뜩 낮췄다.

녀석은 방문을 걸어 잠그고 그걸로도 충분하지 않은지 방문에 귀를 대고 밖을 살피고는 심각한 표정을 지었다.

"이상한 일이 벌어졌어."

"이상한 일? 그게 뭔데?"

그러자 녀석이 윗도리를 훌렁 벗어젖혔다.

"야, 야, 뭐 하는 거야?"

나는 순간 당황해서 목소리가 커졌다.

"쉿, 조용히 하라니까!"

녀석이 방문 쪽을 바라보더니 안에 입은 반팔 티셔츠를 목까지 끌어 올렸다.

"이것 좀 봐 줘."

녀석이 등을 내보였다.

"왜? 등에 여드름이라도 났어?"

어깻죽지가 불그스름했다.

"여드름 아니거든. 잘 보라니까?"

"아……."

나는 순간 말을 잊고 말았다.

그러니까, 어깨를 뒤로 젖히면 팔자 모양의 등뼈가 도드라지는 오른쪽 어깻죽지 아래에 무엇인가가 있었다. 가까이 다가가 자세히 들여다보니 그것은 깃털이었다. 손톱만 한 깃털이 톡 박힌 듯 자리하고 있었다. 이불이나 옷에서 나온 깃털인가 싶어서 손으로 뽑아내려 하자 녀석의 입에서 고통에 찬 신음이 반사적으로 튀어나왔다.

"윽!"

"도대체 이게 뭐냐……."

차마 말을 잇지 못하고 깃털을 다시 건드려 보았다. 살갗을 뚫고 나온 깃털은 갓 태어난 생명체처럼 여리해 보였다.

"야아, 간지러워……."

녀석은 몸을 비틀어 손바닥만 한 거울에 비친 등 언저리를 보려고 안간힘을 쓰고 있었다.

"간신히 뽑았는데 또 나와……."

"처음이 아니야? 그래서 날고 싶다고 한 거야?"

"아니야! 날고 싶은 게 먼저라고. 괜히 그런 꿈을 꾼 걸까? 감히 날겠다는 꿈을 꾼 죄로 벌을 받은 걸까?"

"이건 무슨 소리야? 누가 벌을 주는데? 저기에 계신 분이?"

나는 손가락으로 천장을 가리켰다.

녀석은 주섬주섬 옷을 입더니 침울한 표정으로 침대에 걸터 앉았다. 어깨가 침대 속으로 꺼질 만큼 처져 있었다. 그리도 날고 싶다던 녀석이.

"어쩌지?"

녀석의 고민이 깊어 보였다.

"뭘 어째? 계속 뽑아야지. 설마 더 자라겠냐?"

녀석이 나를 빤히 바라보고는 조금 뜸을 들이더니 말했다.

"……꼭 뽑아야 하나……. 안 뽑으면 안 돼?"

말도 안 되는 소리였다.

"안 뽑으면? 깃털이 자라서 날개가 될 때까지 기다리려고? 그래서 아예 날아가려고? 아서라, 누가 들으면 진짠 줄 알겠다. 세상에 날 수 있는 인간은 절대로, 네버, 결단코 없다니까? 닭이 아니고서야 누가 몸에 깃털이 자라겠어. 아니지, 천사는 날개가 있지. 아니다, 아냐. 천사도 실체가 없잖아? 구라가 아니고서야 이 세상에 천사가 있겠냐고? 천사가 있다면 아마도 있을 것이고 신도 있어야 하잖아? 와, 계산하기 복잡하다. 어쨌든 깃털은 뽑으면 그만이야. 걱정하지 마. 이 형이 해결해 줄 테니까."

혼자 마구 떠들어 대자 녀석이 낮은 목소리로 말했다.

"그만해라. 나 심각하거든."

"그렇지, 심각하지. 수능이 낼모렌데."

"그게 중요하냐?"

"그게 중요하지. 깃털 따위가 우리 인생을 망치게 할 순 없어."

나는 단호하게 대답했다. 녀석이 흔들리지 않길 바라는 마음이었다. 녀석이 흔들리면 곤란하다. 지금은 어느 때보다 중요한 시기다. 얼마나 힘들게 만들어 놓은 우리의 루틴이던가. 조금의 동요도 허락하지 않으려 웬만한 일에는 신경도 쓰지 않았다. 그렇게 쌓은 탑은 성적으로 보답받았다.

지금 녀석에게 필요한 것은 믿음이었다. 깃털은 사라질 것이라고, 너는 닭이나 천사 따위가 아니고 절대로 날 수 없다는 믿음 말이다. 그리하여 무난하게 시험을 볼 것이며 무난하게 합격 통지서를 받아 죽는 날까지 무사하게 지구에 발을 딛고 살아갈 것이라고.

그날부터 녀석과 나에게는 새로운 루틴이 생겼다. 바로 깃털을 뽑는 일이었다.

일주일에 한 번씩 나는 녀석의 어깻죽지에 난 깃털을 뽑았다. 같은 반도 아니었고 학원 스케줄이 달라서 장소는 스터디카페 화장실로 정했다. 엄마의 눈썹 뽑는 족집게가 이렇게 유용하게 쓰일 줄은 몰랐다.

그러나 녀석의 깃털은 집요했다. 뽑아도 뽑아도 그 자리에 어린잎을 틔우듯 새 깃털이 자라났다. 나는 적을 알아야 박멸할 수 있다는 심정으로 깃털이 나오는 과정을 기록하기로 했다.

1단계. 녀석의 살이 살짝 벌어진다. 마치 살이 살짝 튼 것처럼 희끄무레한 실선이 보이는 정도이고 거의 감각은 없다고 한다. 심지어 간지럽지도 않은 모양이다.

2단계. 가는 실선에서 정말이지 자세히 보아야 알 수 있을 정도의 흰 깃털이 모습을 드러낸다. 아니, 깃털이라기보다 투명 실처럼 보인다. 그렇다, 보이는 정도이지 살 밖으로 튀어나온 정도는 아니다. 녀석은 살짝 이상한 감각은 있지만 집중하지 않으면 넘어갈 정도의 느낌이라고 한다.

3단계. 문제의 실체가 보이기 시작한다. 길이는 1센티가량이며 투명에서 흰색을 띠어 간다. 자칫 흰 털처럼 보일 거라고 상상하면 오산이다. 털이라고 하기에는 굵고 깃털이라고 말하기에는 그 실체가 분명치는 않다. 이때부터 녀석은 등 언저리가 간질간질하다고 한다.

4단계. 실체의 본질이 드러난다. 솜털 같은 작은 깃털이 보인다. 녀석이 손을 등 쪽으로 뻗으면 만져질 정도의 크기다.

깃털을 뽑기에 딱 좋은 단계였다. 자칫 이 시기를 놓치면 참혹한 상황에 놓인다. 우리는 그 단계를 위기의 5단계라 불렀다.

딱, 두 번, 위기의 5단계를 경험했다. 처음 한 번은 내가 깃털을 본 그날이었다. 5단계의 깃털은 제법 깃털의 모양을 갖추고 있었다. 얼핏 보아도 깃털이었고 스치듯 보아도 깃털이었다. 손가락 한 마디만큼 자란 깃털이 살을 뚫고 피어나고 있었다. 깃털이 피어나듯 나오는지 모르겠지만 이보다 더 정확한 표현은 없을 터였다. 5단계 깃털을 뽑자면 녀석의 고통이 상당한 것 같았다. 뽑았을 때 피가 나는 것도 5단계부터다. 물론 많은 피는 아니지만 휴지로 지혈해야 할 만큼의 피가 났다. 고통의 5단계가 지나면 깃털이 빠진 어깻죽지에 살이 점점 차오르면서 다시는 깃털 따위는 나오지 않을 것처럼 아물기 시작했다. 푸른 멍이 꽤 오래갔지만 깃털을 뽑았다는 것만으로 안심이 되었다.

5단계를 두 번째 경험했을 때는 정말이지 최악이었다. 여느 날처럼 스터디 카페 화장실에서 깃털을 뽑고 칸 밖으로 나오니 어떤 남자가 서 있었다. 그 사람이 상상하기에 아주 좋은 장면을 우리가 제공한 셈이었다. 좌변기가 하나인 칸에서 두 명의 남자애가 나왔으니 말이다. 화장실 안에 들어간 남자애들이 무엇인가를 하느라 부잡스러운 소리를 냈을 테고, 일이 생겨 지난주에 뽑지 못한 이른바 문제의 5단계 깃털을 뽑느라 약간의 신음도 들렸을 터, 변명의 여지가 없었다. 우리는 부리나케 화장실을 빠져나왔다.

우리는 순진했다. 그 일을 그냥 해프닝으로 별 대수롭지 않게 생각한 것이다. 금세 잊고 말았다. 하루하루의 루틴에 몰입한 나머지 소소한 것들을 하찮게 생각했기 때문이다.

한 주가 지나 카페에 다시 갔을 때도 화장실에 누군가 깨알 같은 글씨로 낙서한 걸 보았지만 허투루 넘겨 버렸다.

화장실에서는 똥이랑 오줌만 눌 것.

경고했다!

글씨가 너부 작아서 무심코 보았을 정도였다.

그렇게 며칠이 지났다. 녀석과 나는 꽤 오래 만나지 못했다. 시골에 계신 할아버지가 돌아가셔서 한 주 건너뛰었고, 또 한 주는 학원 보충 수업이 이어져서 녀석과 도무지 시간을 맞출 수 없는 상황이었다.

우리는 다시 스터디 카페에서 만나자마자 화장실로 향했다. 하지만 화장실에 붙은 문구를 보고는 경악하지 않을 수 없었다.

내부 화장실 동시에 2인 사용 불가.

우리를 겨냥해서 붙인 게 틀림이 없었다. 이번에는 단박에 알아챘다. 2인이라면 녀석과 나를 말하는 게 분명했다.

굳이? 왜? 친절하게 이런 문구가 붙었는지 내용을 해석해 보지 않아도 직감적으로 알 수 있었다.

그날 우리와 이곳에서 마주친 사람의 눈빛이 모든 걸 설명해 주었다. 당황했고, 얼굴을 붉혔으며, 아주 작은 소리였지만 욕을 하며 나가 버렸다.

"아, 씨발!"

내가 들어 본 씨발 가운데 가장 불쾌한 씨발이었다.

무엇을 상상한 거냐?

그런 거 아니거든!

그 사람의 소매를 붙들고 변명하고 싶었지만 화장실 앞에서 그 사람과 마주쳤을 때 보인 우리의 반응은 오해를 사기에 충분했다.

녀석은 얼굴을 붉혔고 나는 땅바닥이 꺼져라 고개를 처박았기 때문이다. 물론 녀석은 깃털 뽑힌 부분이 매우 아파서 그랬던 거라고 궁색한 변명을 했다.

일단 우리는 화장실에서 나와 자리를 찾아 앉았다. 그런데 카페 직원이 친히 우리 자리까지 와서 상담실로 함께 갈 것을 요청했다. 우리는 죄지은 사람마냥 직원을 따라 상담실로 향했다.

"앞으로 저희 카페에 오지 말아 주세요."

카페 직원은 얼굴을 붉히며 말했다.

"왜요?"

이미 상황을 다 알고 있음에도 녀석이 물었다. 그것도 당당하게 얼굴을 처들고.

"음…… 컴플레인이 들어왔어요."

"어떤 컴플레인이요?"

"여, 여기는 스터디 카페예요. 이곳에서 음란 행위를 하시면 아, 안 돼요……."

직원은 녀석의 반응에 당황한 듯했지만 더듬거리면서도 자기 업무에 맞게 말했다.

"우리가 어떤 음란 행위를 했는데요? 봤대요?"

"보, 보셨다고……."

"누가요? 그 사람이랑 삼자대면할게요. 그러기 전에는 나갈수 없어요. 이미 석 달 치 사용료도 선입금했고 나갈 이유가 없지요."

오, 나는 짧은 탄식과 함께 녀석의 얼굴을 바라보았다. 내가 알던 그 녀석이 맞는지, 깃털 하나에 쩔쩔매던 그 녀석이 맞는지, 아니면 혹시 또 다른 자아를 가진 녀석이 대리 출석한 건지 말이다. 녀석은 대범하다 못해 위대해 보였다.

당황한 직원은 계속해서 말을 더듬었다.

"사, 사용료는 돌려드릴게요."

"흠……. 정말 그 사람이 봤대요? 그것만 정확하게 말해 준다면 나갈 의향도 있어요. 근거가 있다면 납득하니까요. 물론 우리가 화장실 안에서 연애를 했다고 인정하는 건 아니에요. 우리가 서로를 아끼는 건 틀림없지만 연애 감정은 이성에게 있거든요. 하지만 세상에는 누구든 연애할 자유가 있어요. 남남이든 남녀이든 여여이든 말이죠. 때와 장소를 가린다면 모든 인류의 연애는 권장해야 한다고 생각해요. 다만, 일부분 우리의 잘못을 인정하는 건 혼자 들어가라고 만들어 놓은 공간에 두 명이 들어갔기 때문이에요. 그렇지만 우리에겐 그럴 만한 이유가 있었고 그 이유를 시시콜콜 말하면서까지 이곳에 있을 만큼 잘못한 것도 없어요. 그러니까, 그 사람한테 물어봐 주세요. 아주 디테일하게 물으셔야 해요. 보았느냐? 어떤 장면을 보았느냐? 보았다면 그 장면을 서술해 봐라, 서술하지 못한다면 분명한 근거를 대라고 말이죠. 세상에는 근거가 있어야 믿는 사람이 있지요. 이를테면 사람 몸에 난 깃털을 한 번도 보지 않았다는 이유로 믿지 않는 사람들이 있어요. 사람 몸에 난 깃털을 직접 본 근거가 없다면 그건 없는 거겠죠. 우리가 그 안에서 무엇을 했든 그 사람이 직접 보지 않았다면 그건 일어나지 않은 일이 되는 거예요. 안 그런가요?"

"네, 네에⋯⋯. 그, 그럼 그분에게 물어볼게요."

직원은 질린 듯한 얼굴로 서둘러 우리 곁을 떠났다. 우리는 잠시 기다리기로 했다.

"너 뭐냐?"

"뭐냐니?"

"원래 이렇게 말을 잘했어?"

"내가 말을 잘했나?"

"응!"

나는 크게 고개를 끄덕였다.

그리하여 삼자대면이 이루어졌다. 우리를 목격했던 남자가 상담실 문을 열고 들어왔다. 직원은 쭈뼛거리며 뒤따라왔다.

넓적한 얼굴에 여드름이 채 가시지 않은, 많아 봐야 우리보다 두어 살 많아 보이는 남자였다. 우리가 열망해 마지않았던 신촌의 대학을 다니는 이 카페의 단골인 듯했다. 오며 가며 몇 번은 마주친 적이 있는 것도 같았다.

"삼자대면하자며?"

넓적이가 자리에 앉자마자 물었다. 직원은 불안한지 서 있었다.

"네."

"뭘 듣고 싶은 건데?"

"봤어요? 우리가 연애하는 걸 보셨냐고요?"

"빤한 거 아니야?"

"빤한 게 아니라서 보자고 했어요."

"요것들 봐라. 맹랑하네?"

"형도 얼마 전까지 맹랑한 우리 또래였어요. 엄청 나이 든 어른처럼 말하지 마세요. 웃기니까!"

"뭐? 웃겨? 이게 웃기냐? 너희들 화장실에서 뭐 했어? 말해
봐!"

넓적이가 자리를 박차고 일어섰다. 그 기세가 얼마나 사나운
지 당장 녀석의 멱살이라도 잡을 태세였다.

"어어, 말로 하세요!"

급기야 내가 나서지 않을 수 없었다.

"왜들 이러세요?"

카페 직원도 덩달아 둘 사이에 끼어들었다.

"저도 조용히 처리하고 싶었는데 반성을 안 하잖아요, 반성
을!"

넓적이는 얼굴이 벌게져 흥분한 말처럼 씩씩거렸다.

"우리가 뭘 반성해야 하죠? 침착하게 말씀해 보세요. 흥분은
몸에 해로워요."

그 와중에 녀석은 표정 하나 변하지 않았다.

"뭐 이딴 자식이 다 있어? 너희들 화장실 안에서 이상한 소리
내면서 뭘 했잖아?"

"그러니까 그게 뭐냐고요?"

"아, 진짜, 내가 더러워서 입에 못 올리겠다."

"혹시 섹스나 키스를 두고 더럽다고 하신 건 아니죠? 형도 이제 그런 걸 할 나이가 차고 넘친 것 같은데 섹스나 키스가 더럽던가요?"

헉!

나를 비롯한 나머지 사람들은 녀석의 말에 급소를 맞은 것처럼 정지되었다. 상담실 안은 뭔지 모를 긴장감과 함께 고요해졌다.

"물론 공공장소에서 섹스나 키스를 하면 누군가는 불쾌하겠죠. 하지만 우린 불쾌할 일은 하지 않았어요. 맹세코!"

"맹세코? 그럼 맹세코 뭘 했는데?"

녀석이 잠시 뜸을 들였다.

"……깃털을 뽑았습니다."

녀석은 밥을 먹었다고 말하는 것처럼 대답했다. 두 번째 정적이 상담실 공기를 짓눌렀다. 잠시 후 넓적이가 물었다.

"뭐라고?"

"못 들으셨나요? 정말이지 이런 고백을 억지로 하게 되어 불쾌하지만 친구의 억울함을 위해 말씀드리는 겁니다. 똑똑히 들으셔야 합니다. 세 번은 반복하지 않을 거니까요."

"그러니까 뭐라고?"

넓적이가 답답했는지 채근했다.

"깃, 털, 을, 뽑, 았, 습, 니, 다."

녀석은 분명한 목소리로 또박또박 대답했다.

"푸하하하하하!"

넓적이가 웃어젖혔다. 직원도 고개를 살짝 숙인 채 작게 키득거리고 있었다. 순간 나도 어이가 없어서 전염되듯이 웃음이 터지고 말았다.

"푸하하하하하!"

넓적이와 직원과 나는 배꼽이 빠질세라 허리를 꺾고 웃어댔다. 녀석은 그런 우리를 멍하니 바라볼 뿐이었다.

잠시 후 언제 그렇게 웃었느냐는 듯이 넓적이가 고개를 번쩍 들더니 말했다.

"알았다. 알았으니까 이제 이 카페에는 오지 마라. 다른 데 가서 놀아. 알겠냐?"

이쯤에서 끝냈어야 했다. 하지만 녀석은 그럴 생각이 새털만큼도 없었다.

"저희는 이곳에 놀러 온 게 아닙니다. 그리고 제 말을 믿어주셔야 해요. 형이 생각한 대로 오해받고 싶진 않습니다."

"그러니까 알았다고. 알아들었으니까 여기서 꺼지라고!"

"무례하시네요!"

"뭐?"

"무례하다고 했습니다."

"그래? 그러는 너희는 불결하거든!"

넓적이가 버럭 소리쳤다.

그러자 녀석이 주섬주섬 윗도리를 벗기 시작했다.

"야, 야, 너 왜 그래?"

나는 녀석을 말려야만 했다. 녀석의 깃털을 세상에 까발릴 수는 없었다.

"아니야. 오해는 풀어야 해."

"이러지 말라니까!"

녀석과 내가 실랑이를 벌이자 넓적이가 끼어들었다.

"왜? 윗통 벗고 덤비게? 해 봐! 해 보라고!"

넓적이가 머리를 들이밀며 다가왔다.

"아니에요, 형. 제발 진정하세요."

나는 누구든 말려야만 했다. 넓적이든 녀석이든 한 놈만 참으면 된다. 하지만 인생은 묘하게 돌아가야 제맛이라는 듯이 뜻대로 되지 않았다.

급기야 녀석이 스웨터를 벗고 안에 받쳐 입은 반팔 면티마저 벗어 버렸다. 그러고는 우아한 턴으로 몸을 돌렸다. 그 모든 행동이 슬로우모션처럼 내 앞을 스쳐 지나갔다.

상담실 안에 세 번째 정적이 찾아왔다.

깃털은 그새 많이 자라 있었다. 게다가 균형을 이루듯 왼쪽 날갯죽지 밑에도 똑같은 크기의 깃털이 자라고 있었다. 깃털은 진화를 거듭한 것처럼 5단계, 6단계를 지나 손가락만 했다. 그러니까 깃털은 뽑으면 뽑을수록 빨리 자라는 게 틀림없었다.

양쪽에 난 깃털이 날갯죽지 밑에서 나폴거리고 있었다. 온풍기 바람을 타고, 누군가 내뿜는 입김을 타고, 누군가의 들숨 날숨에 따라 깃털은 움직이고 있었다.

깃털의 개념은 분명했다. 국어사전에도 간단하게 정의되어 있었다. 새의 몸을 덮고 있는 털.

녀석이 날고 싶다고 꿈꾸어서 깃털이 생긴 건지 깃털이 생겼으니 이왕이면 날아야겠다고 결심했는지 모르겠다. 녀석이 인간인지 새였는지 혹은 천사였는지 모르겠지만, 녀석은 더는 스터디 카페에 나오지 않았다. 그러니까 깃털을 뽑을 일도 없었다. 차라리 다행이라고 생각했다. 보통의 인간은 규명할 수 없는 물건을 품고 있는 존재와의 만남이 불편하다. 나는 녀석이 점점 불편했다. 은밀한 깃털 뽑기보다 그날의 모의고사가 중요해졌고 내밀한 비밀을 품기에는 내 속이 점점 좁아지고 있었다. 나의 사정을 이해한다는 듯이 녀석도 날 멀리했다. 사람과 사람이 멀어지는 시간은 가까워지는 시간보다 훨씬 빨랐다. 의지만 있다면 순간처럼 다가오는 게 단절의 시간이었다. 어느 순간인지는 모르겠으나 더는 녀석을 의식하지 않게 되었다. 그리고 그 무렵 스터디 카페에서 문자가 왔다. 계좌번호를 주면 선입금한 돈을 돌려주겠다고. 나는 문자에 답하지 않았다.

녀석과 나는 마주치지도 않았다. 가끔이라도 학교 복도에서 마주치련만 그런 우연도 벌어지지 않았다. 그렇게 시간이 흐르고 있었다.

겨울방학이 끝나고 드디어 고3이 되었다. 입시가 코앞으로 다가왔다.

나는 부족한 과목은 과외로 돌렸고 '혼공사'에 가입했다. 혼자 공부하는 사람들이 모인 '혼공사'는 온라인으로 실시간 중계를 하면서 각자 공부하는 모임이었다.

그러던 어느 날 녀석에 대한 소식을 듣게 되었다.

녀석이 사라졌다고 한다.

드문 일은 아니었다. 공부를 잘하던 아이가 수능을 앞두고 학교를 그만두기도 했다. 내신을 위해서 검정고시를 친다든가, 아예 유학을 가는 경우였다. 처음에는 그런 거라고 예상했다.

그런데 그게 아니었다. 녀석은 감쪽같이 사라졌다. 집에서도 학교에서도 내가 아는 사회에서도 깨끗이 사라져 그 흔적을 확인할 수 없다고 했다.

며칠 학교가 뒤숭숭했다. 내 마음은 더 복잡했다. 무엇 때문인지 가슴 한쪽이 시려 왔다. 녀석을 찾아갔어야 하는 건 아닌지, 적어도 안부 정도는 물었어야 하는 건 아니었는지 뒤늦은 후회가 밀려왔다.

고3 첫 번째 모의고사를 망친 날, 녀석과 내가 가던 스터디 카페에 들렀다. 그렇게라도 마음을 다잡고 싶었다.

직원이 날 보자마자 얼굴을 기억하고는 먼저 다가왔다.

"환불해 준 돈 받으셨어요?"

"네?"

금시초문이었다.

"그 친구분 있잖아요. 날개가 있는 학생……."

뒷말은 아주 작게 속삭이듯 했다.

"날개요?"

무슨 말인지 몰라 재차 되물었다.

"깃털 말이에요, 깃털!"

"아, 네……. 그런데 그 친구가 왜요?"

"몇 달 지났나, 그 학생이 와서 선입금한 돈을 친구 것까지 환불해 달라고 찾아왔어요. 그래서 처리해 줬는데……. 돈 못 받았어요?"

"언제 왔었어요?"

"두어 달 됐나? 한참 지난 후에 와서 돈 달라고 하니까 사장님이 안 된다고 하셨는데 제가 사정사정해서 처리했지 뭐예요."

"아, 고, 고맙습니다."

나도 모르게 고개를 숙였다.

"그런데 그 친구분, 날개는 어떻게 됐어요?"

직원이 주위를 둘러보며 물었다.

나는 적당한 대답을 하지 못한 채 자리에 가 앉았다. 도통 공부가 손에 잡히지 않았다. 여기서 더는 있을 수 없다는 생각이 들 때쯤 자리에서 일어서려는데 머리가 핑 돌았다. 다시 자리에 털썩 주저앉았다. 그러고는 고개를 들어 창밖을 바라보았다. 환한 하늘이 창밖에 가득했다. 그 하늘을 이고 있는 2층짜리 건물 옥상이 눈에 들어왔다. 겨우겨우 날아서 2층까지 날았다는 녀석의 날갯짓이 부질없는 건 아니었다. 꽤 괜찮은 하늘이 그곳에도 있었다.

순간 깨달았다. 녀석은 사라진 게 아니라 꿈을 이룬 것이라고.

이루어지면 더는 꿈이 아니라고 했지만 녀석은 꿈을 이룬 게 분명했다. 세상에서 꿈을 이룬 사람이 한 명쯤은 있어도 되니까.

나는 정말 믿기로 했다. 녀석이 환한 저 하늘 위로 거대한 날개를 힘차게 펼쳐서 날아간 게 틀림없다고, 그래서 영영 이 지구에 발을 딛지 않고 살게 되었다고 말이다.

「페이머스 양」

B가 우는 데에는 그럴 만한 이유가 있었다. 하지만 아무도 그것에 동의하지 않았다.

"그날 일을 자세히 얘기해야 할 거야."

박 소장의 목소리는 너무도 사무적이라 그곳에 있는 복사기와 다르지 않게 느껴졌다.

B는 여전히 고개를 숙인 채 손거스러미를 잡아 뜯고 있었다. 그 행위가 얼마나 집요한지 손톱을 둘러싼 살들이 붉게 달아올랐다.

"지금 상황이 너한테 매우 불리해. 그건 알고 있지?"

B가 처음으로 고개를 끄덕였다.

"자, 그럼 말해 보자. 거기에 왜 다시 간 거니?"

"양이 울고 있었어요……."

"뭐? 누가 울었다고?"

박 소장이 안경을 추켜올리며 다시 물었다.

"양이요……."

"양? 목장에 있는 그 양을 말하는 거니?"

"네."

박 소장은 B의 대답에 속으로 깊은 한숨을 내쉬었다.

"그래, 계속 말해 봐."

"……너무 무서워서 그곳에 가고 싶지 않았어요. 그런데 양이 계속 울었어요. 견딜 수가 없었어요. 아무리 귀를 막아도 들렸어요."

"왜 양이지? 아이 울음소리도 아니고 강아지, 고양이 소리도 아닌 양이라고? 왜 양이었을까?"

"저도 몰라요……."

B는 대답과 함께 머리 전체를 흔들었다. 그러고는 손톱을 물어뜯기 시작했다.

박 소장은 B를 말없이 바라보았다. 그 눈빛에는 조금의 동정심도 없었으며 오히려 비난에 가까운 시선이었다. 박 소장은 언제나 그랬듯이 평정심을 유지하려 애썼다. 박 소장은 그러한 태도에 익숙했고 그래서 이 일에 적합했다. 보고서에 몇 가지 항목을 체크하고 다음 상담 시간을 조절하는 중이었다.

갑자기 문밖이 소란스러워지기 시작했다. 문이 벌컥 열리며 카메라를 든 사람들이 모여들기 시작했다. 박 소장과 B는 동시에 출입문을 쳐다봤다. 한 남자가 모여든 사람들의 힘에 밀려 안으로 들어왔다. 박 소장이 급하게 일어섰고 그 바람에 앉았던 의자가 뒤로 넘어갔다.

의자가 자빠지는 소리, 사람들의 격양된 소리, 카메라 플래시가 터지는 소리가 바람처럼 문 안으로 쏟아져 들어왔다. 박 소장은 이미 들어선 남자를 문밖으로 몰아내며 소리를 질렀다.

"나가세요!"

B는 순간적으로 두 손으로 얼굴을 가렸다. 하지만 이미 카메라에는 놀란 눈으로 사람들을 응시하는 B의 얼굴이 찍혔다.

박 소장과 남자가 실랑이하는 사이, 소란을 피해 무릎에 고개를 파묻었던 B가 갑자기 허리를 세우고 주변을 둘러보았다. 아무리 두리번거려도 B가 찾는 것은 없었다. 급기야 B가 사무실 안을 서성거리기 시작했다. 기다렸다는 듯이 사람들의 카메라 셔터가 바쁘게 움직였다. 박 소장이 B를 뒤돌아보았을 때 B는 지금 상황과 무관한 사람처럼 움직이고 있었다. 책상 뒤편으로 돌아가기도 하고 허리를 굽혀 책상 아래를 들여다보기도 했다. 캐비닛과 복사기 근처를 살피더니 급기야 창밖을 내다보려 열리지도 않는 창문을 흔들기도 했다. 영락없이 무엇인가를 찾고 있었다.

"왜 그러니? 뭐가 있어? 뭘 찾는 거니?"

"양이요……."

모든 사람이 의아한 표정으로 B를 보았지만 B는 자기가 찾아야 할 것에 집중할 뿐이었다.

그날 밤, B는 너무 추웠다. 뜨거운 여름의 온기가 고스란히 남은 늦여름이었지만 B는 그 온기를 조금도 느낄 수 없었다. 차디찬 손으로 시린 얼굴을 아무리 비벼 대도 떨리는 몸을 어쩌지 못했다. B는 서둘러 이곳을 벗어나고 싶었다. 비척비척 걸음을 재촉했지만 누가 봐도 어딘가 성치 않은 모습이었다.

큰 도로로 나오자 늦은 시간인데도 차와 사람이 제법 있었다. B는 최대한 바른 모양으로 걸으려 애썼다. 똑바로 걸으려고 할수록 몸에서 힘이 빠져나갔다. B에게는 엄청난 노력이 있어야만 가능한 일이었다. 한 무리의 남자들이 B를 힐끔거리며 지나쳤다. 순간 B가 주저앉고 말았다.

'안 돼. 얼른 일어나. 여기 있다간 다 망쳐 버릴 거야.'

B는 수없이 자신에게 했던 말을 중얼거렸다.

"괜찮니?"

무리 중 한 남자가 B에게 물었다.

B는 말없이 고개를 끄덕였다.

"진짜 괜찮아? 도와줄까?"

"꺼져요!"

B가 거세게 대꾸하자 남자가 당황했다.

저만치 떨어져 있는 무리 중 한 사람이 소리를 질렀다.

"이 대리, 놔두고 이리 와. 저런 애들 잘못 건드리면 큰일 나. 이 시간에 돌아다니는 애들은 더 무서워."

남자는 어이없다는 표정으로 뒤돌아서며 B가 들으라는 듯 말했다.

"요즘 애들은 참……."

그러거나 말거나 B는 모든 게 귀찮았다. 제발이지 누구도 자신에게 관심 같은 걸 주지 않길 바랐다. 지금까지 그래 왔던 것처럼.

B는 간신히 몸을 일으켜 편의점으로 향했다. 환한 불빛은 그

곳이 유일했다.

음료 코너를 보다가 카운터 쪽으로 향했다. 편의점 구조야 그곳이 어디든 비슷했고 음료를 넣어 두는 곳도 그러했다. B는 카운터 쪽에 온장고가 있다는 걸 기억해 낼 수 있었다. 하지만 아무리 둘러보아도 온장고는 찾을 수 없었다.

"뭐 찾아요?"

파란 조끼를 입은 알바생이 B에게 물었다.

"따뜻한 음료 어디 있어요?"

"따뜻한 음료는 아직 안 나오는데?"

늦더위가 극성이라 온음료를 찾기에는 이른 날씨였다.

"그럼……."

B가 머뭇대는 틈에 다른 손님이 카운터 위에 물건을 올리자 B는 창가 쪽 의자로 향했다.

알바생은 계산을 하면서도 B를 힐끔거렸다. 어딘가 단단히 아픈 모양이라고 생각했다. 아프더라도 이곳에서 쓰러지지만 않는다면 상관없었다. 지난밤 시비를 거는 술 취한 손님 때문에 피곤했다. 한바탕 난장을 피우며 드러눕고 난리도 아니었다. 당장 사장에게 전화를 걸어 그만두겠다고 말하고 싶은 걸 간신히 참았다. 월세가 두 달째 밀렸다. 사장 대신 파출소에 전화를 하고 경찰이 와서야 마무리가 되었다. 오늘 밤만은 사이렌을 켜고 달려오는 차를 또 부르고 싶지 않을 뿐이었다.

"괜찮아요?"

이쯤에서 확인을 해야 할 것 같았다.

B는 알바생의 말을 무시한 채 창밖을 보았다.

B는 조금의 시간과 조금의 편안함, 조금의 온기가 필요했다. 누구도 간섭하지 않길 바랐다. 알바생이 B의 바람을 깨고 말았다. 아무것도 사지 않고 의자를 차지하고 있으니 그럴 만하다는 생각이 그제야 들었다.

B는 자리에서 일어나 컵라면 하나를 들고 카운터로 향했다. 알바생은 무표정한 얼굴로 계산을 했다. 전자레인지 옆에 있는 온수통으로 다가가 라면에 물을 부었다. B가 바라는 뜨거운 물이 나왔다. 따뜻한 온기와 함께 익숙한 냄새가 올라왔다. B는 두 손으로 컵라면 용기를 감쌌다. 온기를 마주하자 자신도 모르게 눈물이 흘렀다.

이렇게 따뜻하다니. B는 슬퍼서 우는 게 아니었다. 너무도 감사한 마음이 들어서였다. 그 밤이 그렇게 지나가길 바라고 바랐다.

다음 날, 여러 개의 포털 사이트에는 B의 사진이 떠다니고 있었다. B를 아는 사람이라면 모자이크 처리가 되었어도 충분히 B를 연상할 정도의 사진이었다. 사진과 함께 뜬 기사는 이러했다.

고등학교 1학년 여학생이 공중화장실에서 혼자 출산한 뒤 아이를 방치해 숨지게 한 사건이 발생해 경찰이 수사 중입니다. 서울 정암경찰서는 17일 모 고등학교 1학년 B양(16세)을 영아 살해 혐의로 불구속 입건했다고 밝혔습니다.

B양은 지난 8월 17일 오전 2시경 모 지역에 위치한 공원의 공중화장실에서 아이를 낳아 방치한 뒤 그대로 달아나 아이를 숨지게 한 혐의를 받고 있습니다. 경찰에 따르면 B양은 출산한 뒤 한 시간 후에 다시 공원으로 향했고, 아이가 죽어 있는 걸 확인한 걸로 드러났습니다. 인근 편의점에서 일하는 아르바이트생의 신고로 현장에 있던 B양을 붙잡았습니다.

경찰 조사에서 B양은 다시 돌아간 것이 아이의 죽음을 확인하기 위해서가 아니라 양이 울고 있어서 간 거라며 범행 일부를 부인했습니다. 현재 심신미약을 제기할 가능성이 있어 정신분석도 함께 진행 중입니다.

경찰은 숨진 아기의 정확한 사인을 파악하기 위해 국립과학수사연구원에 부검을 의뢰하는 한편, B양이 미성년자이며 도주 우려가 없다는 것을 고려해 구속영장은 신청하지 않을 방침입니다.

기사에는 5546개의 댓글이 달렸다.

- 이거 완전 괴물이네.

- 어린 x가 독하다. 천벌 받을 거다.

- x발, 책임지지 못할 거면 하질 말든가.

- 요즘 애들 무섭다, 무서워.

- 근데 왜 B양이야? A양이 따로 있나?

　┗ A군이겠지!

　　┗ 그래, A군은 왜 안 나오는 거야?

　　　┗ 그렇지! 애는 혼자 만드나?

　　　　┗ A군 나와라!

　　　　　┗ 그만해라, 이 찌질이들아~~~

　　　　　　┗ 너나 닥쳐라!

- 양은 뭘까?

└→ 양??????

└→ 그래, 양

└→ B양이라잖아. A양, B양, 그 양인가 보지.

└→ 너 한글 안 배웠냐? 그 양이 아니고 양이 울고 있어서 돌아가서 확인한 거라잖아.

└→ 기자가 잘못 썼나 보지?

└→ 「양들의 침묵」에 나오는 그 양 아닐까?

└→ 「양들의 침묵」은 뭐야?

└→ 옛날 영화 말이야, 조디 포스터 나오는 거.

└→ 그 살인마 나오는 거? 근데 거기에 양도 나오냐?

└→ 바보야, 제목에 양이 나오잖아.

└→ 갑자기 웬 영화 얘기야? 이거랑 무슨 상관?

- 다들 닥치고, 모자이크는 왜 한 거야? 얼굴 좀 보자!

└→ 맞아, 네티즌 수사대 출동!

└→ 가즈아~~~~~

└→ ㄴㄴ 신상 털지 마라. 털 거면 A를 찾아야지. 안 그래?

└→ 차라리 양이 뭔지 그거나 알아봐.

ㄴ, 그래, 나도 그게 궁금해.

　ㄴ, 나도 222…….

　　ㄴ, 나도 333…….

　　　ㄴ, 나도 444…….

　　　　ㄴ, ……

이렇게 양은 순식간에 유명해졌다. 온라인에서는 B가 말한 양 찾기 놀이가 유행했다. 언론뿐만 아니라 유튜버들도 합류하기 시작했다. 신고를 한 알바생을 인터뷰한 기사가 떴고, 몇몇 유튜버들은 성지를 찾는다며 모 공원의 화장실을 찾아가 실시간 방송을 하기도 했다. 티브이에는 정신 분석학자들이 나왔고 이제는 고전이 되어 버린 영화를 다시 분석하는 패널도 등장했다. 사실, 영아 유기가 새로운 뉴스거리는 아니었다. B의 사건이 유독 주목받는 것은 울고 있는 양 때문이었다.

박 소장은 B의 손톱을 우두커니 바라보았다. 지난번보다 상태가 더 나빠져 있었다. 잘게 씹힌 손톱 아래에는 붉은 살갗이 드러나 있고 억지로 뜯어낸 손거스러미 때문에 이제 막 딱지가 앉은 곳도 많았다.

"우리 그 양에 대해서 말해 볼까?"

B는 멍한 표정으로 박 소장을 바라봤다.

"양이 언제부터 울었지?"

"……몰라요."

"그럼 임신한 걸 알았을 때부터 양이 울었다는 말로 해석해도 될까?"

B가 고개를 끄덕였다.

"양이 아기구나?"

"모르겠어요."

"그래, 모르겠지. 처음부터 다시 시작하자. 양은 언제 우는 거지?"

"그게 움직일 때마다 울었어요."

"그렇구나. 아기가 움직이면 무서웠을 거야? 그래서 양이 우는 소리를 들었을 수도 있겠구나. 아기가 움직일 때마다 넌 죄책감이 일었을 테고, 그래서 양이 우는 소리가 들렸겠지? 그렇지?"

"……."

"혹시 그 울음소리가 아이가 우는 소리라고 생각한 거니?"

"아기가 아니에요. 양이었어요."

"양을 본 적이 있는 것처럼 말하는구나."

"네……."

"양을 본 적이 있다고? 정말이니?"

B가 아무런 대답도 하지 않자 박 소장이 다시 물었다.

"언제, 어디서?"

"밤에요. 꿈이라고 생각했는데 진짜로 있었어요……."

B가 말을 잇지 못했다.

"잘 이해가 안 되는구나. 자다가 일어났는데 네 방에 양이 있었다는 거네. 그래서 그런 거니?"

"뭘요?"

"방을 난장판으로 만들었다고 어머니가 말씀하셨어. 책상이며 의자 할 것 없이 다 나뒹굴고 있었다고."

"찾아야 하니까요."

"역시 양을 찾은 거구나?"

"그걸 찾아야 제가 살 수 있을 것 같았어요."

박 소장은 인내심을 가지고 B의 대답에서 실마리를 얻어야만 했다.

"그렇지……. 찾아야 했을 거야."

박 소장이 한숨을 내쉬었다. 박 소장은 죽은 아이를 '그것'이라고 말하는 B를 이해할 수 없었다. 많은 사례가 있었지만 마지막에는 자신의 행동을 반성하거나 후회하기 마련이었다. 상담 내내 우는 것이 다반사였다. 하지만 B는 담담해 보였고, 눈물이나 반성의 모습은 찾아볼 수 없었다. 알 수 없는 대답으로 이 상황을 더 혼란스럽게 만들었다. 박 소장은 기나긴 질의응답에 지치고 있었다. 상관으로부터 양이 무엇인지 알아내라는 지시를 받은 터였다. 보고서야 적당히 쓰면 그만이었다. B의 사례가 처음도 아니고 다른 아이들의 사정도 고만고만했기 때문에 큰 고민 없이 받아들였다. 하지만 사건이 점점 커지고 있었다. 포털에 올라간 양의 정체에 대해서 사람들이 언급하기 시작했고, 그들을 이해시킬 만한 답이 필요했다.

"그럼 양은 나타날 때마다 울고 있었니?"

박 소장의 한숨에 B는 자신이 작아지는 걸 느꼈다.

B는 그간에 수없이 작아졌다. 부풀어 오르는 가슴과 배를 감추려 B의 몸은 잔뜩 움츠러들었다. B는 자신이 자꾸만 작아져서 차라리 그대로 사라지길 바랐다.

"늘 울다가 사라져요. 제가 찾으려고 하면 꼭꼭 숨어요."

"양은 왜 우는 걸까?"

B가 모르겠다는 듯 고개를 저었다.

"양이 울면 무서워요……."

"그래서 죽으려고 한 거니? 네가 죽는다면서 협박했다고 그 애가 진술했어."

"협박 아니에요. 양이 나타난 건 그 애와 상관있어요. 그런데 저한테 미쳤다고 했어요. 걔한테 보여 주고 싶었어요. 결국 보여 주지 못했지만."

"그렇지, 네 말이 맞아. 그 애도 책임이 있어. 하지만 마지막 선택은 네 책임이야. 도움을 청할 생각은 못 했니? 부모님도 있고, 친구들도 있었잖아. 너 같은 아이들을 돕는 기관도 있고 말이야."

"제발 빤한 얘기 좀 그만해요!"

박 소장은 잠시 말을 잃었다. 박 소장은 안경을 고쳐 쓰고 입을 열었다.

"……빤한 얘기가 아니야. 상관있어. 어쩌면 네가 태동을 느낄 때마다 양이 우는 소리가 들렸을지도 몰라. 태동이 뭔지는 알지? 아기가 엄마 배 속에서 잘 자라고 있다는 신호지. 넌 도움이 필요했어. 너 혼자 아기를 책임질 수 없었으니까. 사랑은 쉽지만 책임은 어려운 거야."

"사랑해서 잔 거 아니에요."

"그럼 억지로 당했다는 말이니? 신중하게 대답해야 해."

"그냥 잤어요. 그 애도 그냥 잔 거래요. 그러니까 자기는 상관없대요. 상관없다는데 저만 힘들어요. 왜 그래야 하죠?"

"그렇지, 상관없지 않아. 그 애도 같이 책임져야 할 일이야. 하지만 그 애를 찾아가 죽이겠다고 한 건 잘못이야."

"저 혼자 죽을 수는 없었어요. 저는 무서웠어요……."

박 소장이 B를 지그시 바라보다 무엇인가를 결심했는지 마른침을 삼키며 물었다.

"정말 죽으려고 한 거니?"

"그래야 양이 울지 않을 테니까요."

B는 박 소장을 똑바로 바라보며 대답했다. 그 시선을 피한 건 오히려 박 소장이었다.

박 소장은 더는 말하고 싶지 않았다. 그냥 잤다, 라는 이 아이의 표현이 새로운 것도 아니었다. 박 소장은 서둘러 상담을 마쳤다. 급격하게 피로감이 몰려왔다.

그날 밤 박 소장은 병원으로 향했다. 서둘러 택시를 타고 왔지만 막상 병원 앞에서는 천천히 걸었다. 택시 안에서 받은 전화로 B의 상태가 안정적이라는 이야기를 들은 후였다. 박 소장은 B가 자신을 찾았다는 게 의외라고 생각했다. 적의까지는 아니어도 B는 박 소장에게 호의적이지 않았다.

B는 손목에 붕대를 감고 침대에 누워 있었다. 하얀 시트만큼 B의 얼굴도 창백해 보였다. 박 소장이 들어서자 보호소 선생님이 의자에서 일어섰다.

"막 잠이 들었어요. 내일 연락드리려고 했는데 여러 번 소장님을 찾았어요. 죄송해요."

말소리에 B가 눈을 떴다. 보호소 선생님은 B의 상태를 체크하고는 병실을 나갔다.

"괜찮니?"

박 소장이 B에게 물었다.

B는 대답이 없었다.

"이렇게 해서 해결되는 건 없어."

"어차피 다들 제가 죽길 바라잖아요."

"그렇지 않아."

"기사 읽었어요. 저더러 죽으래요, 괴물이래요……."

"인터넷은 원래 그런 곳이잖아. 금방 잊힐 거야."

"아니요. 다른 사람은 금방 잊어도 절 아는 사람은 죽을 때까지 기억할 걸요? 제가 죽어야 끝날 거예요."

"사람들은 무엇인가를 오래 기억할 만큼 한가하지 않아. 나중에는 너도 양도 기억하지 못할 거야."

B가 말없이 돌아누웠다. B의 등이 작은 아이의 등처럼 작아 보였다.

"선생님도 절 괴물이라고 생각하죠? 양 같은 건 없다고 생각하잖아요. 제발 양이 잊혔으면 좋겠어요……."

B의 작은 등이 조금씩 흔들렸다.

박 소장은 국과수에서 온 부검 결과지를 들여다봤다. 아기는 출산 과정에서 사망했고, B가 아기의 죽음에 직접 관여한 바는 없다고 한다.

박 소장은 창밖을 바라보았다. B가 말한 양이 생각났다. 신고자인 알바생의 증언에 의하면 그날 B는 몹시 불안해 보였다고 한다. 여름날 뜨거운 컵라면을 양손으로 꼭 잡은 채 울고 있었으니 그렇게 보이는 게 당연했다. 하지만 정작 알바생이 신고한 이유는 따로 있었다. B가 양 우는 소리가 들린다면서 편의점 곳곳을 뒤지기 시작했다고 한다. B의 소동에 과자가, 라면이, 음료가 쏟아지고 터져 나갔다. 놀란 손님들이 구경하는 모습도 있었다. 편의점 CCTV에는 B가 한 행동이 고스란히 찍혀 있었다. B는 폭

력적이기보다는 불안해 보였고 잔뜩 겁에 질려 있었다. B는 허둥댔고 울고 있었다. 지켜만 보던 알바생이 B의 팔을 잡자 그대로 편의점을 뛰쳐나갔다. 어쩌면 B는 양이 우는 소리를 정말 들었을지도 모르겠다고 박 소장은 생각했다. 적어도 CCTV 영상에서는 그래 보였다.

박 소장은 보고서를 들고 B가 기다리는 상담실로 향했다. 시간이 지나자 B의 사건은 조금씩 잊히는 듯했다. 더는 기자들도 오지 않았고 포털 메인 창에서도 사라졌다. 사람들은 어느새 잊었고 금세 다른 이슈를 찾았다. 잊힌 것들이 무수히 많아 무엇을 잊었는지도 모를 정도였다. 더는 양을 찾는 이가 없어지자 박 소장의 부담감도 덜해졌다. 하지만 묘하게 서운함이 들었다. 원래 이렇게 될 거라는 걸 누구보다 잘 알았지만 자신의 서운함이 이번에는 남다르게 느껴졌다.

"많이 기다렸니?"

박 소장의 말에 B가 살짝 웃었다. 마음이 많이 편해진 모양이었다.

"오늘도 양에 대해서 얘기해요?"

B가 먼저 물었다.

"하고 싶니?"

"네."

"그럼 해 봐."

B는 의자를 고쳐 앉았다.

"너무 늦게 알아 버렸어요. 선생님, 일찍 알았다면 달라졌을까요?"

"글쎄다, 조금은 더 나았겠지."

"꿈을 꿨어요. 꿈에서 양이 울었어요. 처음에는 꿈에서만 그랬는데 시간이 지날수록 진짜 들렸어요. 편의점에 앉아 있는데 참을 수가 없었어요. 바로 옆에서 우는데 안 보이는 거예요. 늘 개는 그랬거든요. 바로 옆에서 우는데 안 보여요. 저한테 벌을 주려고 그랬겠죠?"

B가 또 울었다. 이제는 눈물을 자주 보였다. 응어리진 무엇인가가 눈물이 되는 걸까. 박 소장은 사실 B의 눈물을 아직 온전히 이해하진 못했다. 박 소장이 휴지를 가까이 밀어 주자 B가 서너 장의 휴지를 뽑아서 눈물을 훔쳤다.

"죄책감 때문에 그런 소리가 들렸을 거야. 양은 처음부터 없었어."

"아니요, 처음부터 있었어요. 제가 찾지 못한 거예요."

"양을 찾는다면 어떻게 하고 싶니?"

B가 선뜻 대답하지 못했다. 잠시 망설였지만 이어서 단호하게 대답했다.

"모르겠어요. 찾았다면 제가 어떻게 해야 했을까요? 어떻게 해야 제가 비난받지 않을 수 있었을까요?"

박 소장은 B에게 해답을 주지 못했다. B는 여전히 어떻게 할지를 고민하기보다 타인의 비난이 더 두려운 모양이었다. 하지만 B가 어떤 결정을 했어도 비난을 피해 갈 수 없었을 것이다. 다만, 아이를 죽인 어린 산모라는 죄는 피해 갈 수 있었을 것이다. 그러니까 B의 양이 유명해질 일도 없었을 터였다.

"선생님……."

B가 처음 왔을 때처럼 우두커니 박 소장을 바라봤다.

"응?"

박 소장도 B를 바라보았다.

"도망갈 거예요……."

"도망?"

"양을 찾으면 함께 도망칠 거예요. 아무도 없는 곳으로. 누구도 우리를 욕하지 않는 곳으로 갈 거예요."

"……그래. 그런 곳이 있을지 모르겠구나……."

"우리를 해치지 않는 곳이 있을까요?"

박 소장은 B의 질문에 끝끝내 대답하지 못했다. 그저 B를 담담히 바라볼 뿐이었다.

박 소장과 B는 오랫동안 서로를 바라보았다.

B가 나가고 박 소장은 보고서에 마침표를 찍으며 한숨을 뱉었다.

박 소장은 더는 이 일을 할 수 없다는 걸 직감했다. 누구도 B를 구하지 못했듯이 박 소장의 보고서가 B를 구제하는 데 도움이 되지 못한다는 걸 알고 있었다.

언제부턴가 박 소장은 B를 만나고 나면 양이 우는 소리가 들렸다. 하지만 박 소장은 양을 찾지 않았다. 결코 누구의 눈에도 띄지 않을 거라는 걸 알고 있기 때문이었다. 하지만 분명히 양은 있었다. 수없이 많은 양이 울었다. 유명한 양은 그렇게 잊혔지만 박 소장은 언제나 듣고 있었다. 과거의 B를 만났을 때도 양은 울었고, 지금의 B를 만났을 때도 양은 울었다. 앞으로 만날 B의 양도 울 것이다.

박 소장은 창밖을 바라보며 양이 우는 소리에 가만히 귀 기울였다.

「 여섯 번째 손가락 」

간만의 차이로 교문이 닫혔다. 몇몇 아이들과 함께 나란히 줄을 맞추어 섰다. 맨 마지막 녀석까지 줄을 맞추자 생활 부장 선생이 일장 연설을 늘어놨다.

"예의 없는 것들, 어제 이어서 오늘도 걸린 놈 앞으로 나와!"

"……."

"내가 보면 딱 아는데 얼른얼른 나오시지?"

아이들이 웅성대며 눈치를 봤다. 잠시 후 두 녀석이 머리를 긁적이며 앞으로 나갔다.

"이봐, 이봐! 꼭 지각하는 놈들이 또 지각을 한단 말이야. 너희들은 자기 자신에 대한 예의가 없는 거다. 자, 복창한다. 예의를 지키자!"

두 녀석이 고장 난 확성기마냥 "예의를 지키자아." 라고 소리 쳤다.

"이번에는 다 같이!"

나를 포함해서 아이들이 복창했다. 선생의 요구를 얼른 들어 주고 한시라도 빨리 이 자리를 벗어나고 싶어서였다.

"넌 왜 안 따라 해?"

그때 선생이 한 녀석을 지목했다.

"전 예의를 지켰는데요?"

"뭐라고?"

선생의 얼굴이 벌게지기 시작했다. 녀석은 끝내 희생양이 될 참이었다. 선생의 분노 지수 게이지가 올라가고 있었다.

그때 나는 녀석의 그것을 보고 말았다. 녀석의 왼손에 달린 여섯 번째 손가락을. 말로만 듣던 손가락이 여섯 개인 사람이었다.

"쟤 누구냐?"

나는 옆에 선 창석에게 작은 소리로 물었다. 반에서는 별로 친하지 않지만 수학 학원을 같이 다니는 터라 알 만큼은 아는 녀석이었다.

"2학년이지 아마…… 이름이, 오지수? 오지수 맞다."

"저 형 손가락이 왜 저래?"

"손가락? 손가락이 왜?"

그때, 432Hz짜리 백색소음과도 같은 소리를 듣고 선생이 소리쳤다.

"누구냐? 지금 잡담하는 녀석이?"

여태 몰랐는데 선생은 백만 불짜리 청력을 가지고 있었다.

"저희들 아닌데요?"

창석의 대답이 너무 앞서고 말았다.

"너희들 빼고 다 들어가!"

앞서도 너무 앞선 창석의 대답 때문에 아침부터 곤란한 하루를 맞이할 터였다.

나와 창석, 그리고 오지수인가 하는 형까지 교무실에 끌려가서 설교를 들어야만 했다. 너무도 예의가 있는 그 형 때문에 우리는 덤으로 그 시간을 견디어야 했다. 그놈의 '예의'가 뭐라고 오지수는 끝끝내 자신의 예의에 대해서 다빡다빡 대꾸했다. 결국은 지쳐 버린 선생이 유야무야 넘어가 버렸다. 물론 수업 시간이 임박했다는 것도 한몫을 했다.

그랬다. 오늘은 여러모로 이상한 날이었다. 오지수의 여섯 번째 손가락을 보았을 때부터 그것은 예고된 일이었다. 그놈의 손가락 때문에 이 모든 사단이 벌어지고 말았다는 걸.

점심시간이 지나고 체육 시간이었다. 체육 선생은 자기 맘대로 팀을 나누고 농구공 몇 개를 던져 주고는 체육관을 나갔다.

우리는 체육 선생이 나눠 준 팀 구성이 마음에 들지 않았다. 상대 팀에 유능한 파워 포워드가 두 명이나 있기 때문이었다. 골 밑에서 어깨싸움을 좀 해야 하는 파워 포워드를 두 명씩이나 내주고 시합을 하라는 건 아무리 생각해도 공평하지 않았다.

"야, 이건 너무 불리하잖아. 우리 팀 창석이를 데려가고 종수를 줘라. 그래야 균형이 맞지?"

"야, 종수가 물건이냐?"

내 말에 강연이 못마땅한 듯이 대꾸했다. 종수만 있다면 이 승부를 결판낼 수도 있을 것만 같았다. 종수의 부재로 인한 지난번의 패배에 뼈가 아플 정도다.

"나는 되는데 종수가 싫은 표정이네……."

농구에 관심이 없는 창석이 중얼거렸다.

"넌 절대로 안 돼."

강연이 단호하게 창석을 거부했다.

"너희 팀에 포워드가 두 명이잖아. 이건 공평하지 않지!"

그래서 나는 더 단호하게 힘을 주어 외쳤다.

"여기서 공평이 왜 나와? 쌤이 그렇게 하라잖아. 정해 준 대로 하겠다는데 뭐가 문젠데?"

강연의 말에 상대 팀 녀석들이 쌍심지를 켜며 동의했다. 언제부터 선생 말을 잘 들었다고 알뜰하게 규칙을 운운하기도 했다.

그때였다. 안마 기구와 매트가 쌓여 있는 한쪽 구석에서 오지수가 꿈틀거리며 일어섰다. 각종 구기 종목에 필요한 공을 모아 놓은 노란 바구니 뒤였다. 우리가 실랑이를 벌이는 사이에도 그곳에서 잠을 잔 모양이었다. 새집을 지은 것 같은 머리에 구부정한 어깨, 그리고 결정적으로 여섯 개의 손가락으로 앞머리를 쓸어 올리며 오지수가 우리에게 다가왔다.

"쟤 뭐냐?"

한 녀석이 오지수를 발견했다.

"2학년 지수 형이네……."

"그러니까? 2학년이 왜 여기 있냐고? 저 반도 체육 시간인가?"

"그럴 리가? 다른 형들은 보이지 않는데?"

아이들이 어기적어기적 걸어 나오는 오지수를 보며 한마디씩 했다.

"아, 시끄러워!"

오지수가 두 팔을 있는 힘껏 뻗으며 기지개를 켰다.

"내가 한마디 해도 되냐?"

오지수가 이어서 말했다.

"뭔데요?"

강연이 가까이 다가가며 물었다.

"나도 끼워 줘. 내가 저 팀에서 뛰면 공평하잖아?"

"아, 그러면 쪽수가 6대 5가 되는데 뭐가 공평해요?"

"너희 팀은 스몰 포워드에 파워 포워드까지 두 명 다 있다면서? 그런데 쟤들 팀은 농구에 농 자도 모르는 유창석에…… 아까부터 나만 뚫어지게 쳐다보는 말 많은 저 녀석은 농구 좀 하나 본데. 키나 체구를 보아하니 마음만 앞설 테고! 왜, 자신 없냐?"

오지수의 말에 강연의 얼굴이 붉게 달아올랐다. 당연히 말 많고 키 작은 나도 은근히 부아가 치밀었다.

"그럴 필요 없어요. 제가 빠질게요."

창석이 이 난국을 한방에 해결해 주었다. 그러자 한 녀석이 중얼거렸다.

"형은 1학년도 아니잖아요?"

"나 원래 너희랑 동갑이야. 물론 빠른이지만. 키도 체격도 고만고만한데 설마 2학년이라고 초능력이라도 있다고 믿는 건 아니지?"

"쫄았구먼?"

오지수의 말에 내가 한마디를 얹었다.

"좋아! 유창석 넌 빠져."

결국 승부욕에 불탄 강연이 이 조합을 받아들였다.

오지수를 자주 본 건 아니다. 다만 오다가다 몇 번은 마주친 적은 있을 것이다. 이놈 저놈 다 섞어 놓으면 우리 학교 애라고 구분할 정도의 안면이었다. 그런데 저런 손가락을 한 번이라도 보았다면 이 정도의 기억은 넘어서야 한다. 게다가 저런 희한한 손가락 구조를 가지고 있다면 학교 전체에 별명 하나 정도는 회자되어 길이길이 불릴 터였다.

오지수는 스스로 포인트 가드를 자청했다. 팀을 이끄는 포인트 가드라면 내 포지션인데 오지수는 한마디 상의도 없이 내 자리를 넘보았다. 팀원들이 슬금슬금 내 눈치를 봤다. 오지수의 실력을 믿을 수 없었기에 용기를 내서 따져 물었다.

"형이 나보다 더 잘해요?"

"그런 건 아닐 거야."

"근데 가드를 한다고요?"

"넌 매번 가드를 해 봤을 거 아니야? 그래서 이번에는 달리해 보자는 거지."

"그러다 지면요?"

"지는 게 무서워? 난 재미날 것 같은데……."

"아, 그래. 지수 형이 가드 맡으라고 해. 네가 가드 할 때 매번 졌잖아."

한 녀석이 끼어들었다.

억울했지만 오지수의 말을 믿어 보기로 했다. 실력을 확인한 적은 없었지만 왠지 믿고 싶었다. 학년에 따른 실력 차도 있을 테고 오지수의 자신감만 보아도 이 경기가 불리한 것만은 아니라고 생각했다. 무엇보다 누구든 저런 손가락을 보았다면 무턱대고 믿고 싶을 거였다. 나는 오지수의 여섯 번째 손가락에 숨겨진 신묘한 능력을 믿어 보기로 했다.

공이 머리 위로 던져졌다. 센터서클에서 강연과 내가 동시에 점프했다. 공이 내 손끝에 닿았지만 강연의 손바닥이 먼저였다. 공을 낚아챈 강연이 무섭게 달려가더니 직접 슛을 던질 수 있는 프리드로우 라인까지 들어갔다. 오지수가 강연의 뒤에 바짝 따라붙었다. 그러자 강연이 종수에게 공을 패스했고 녀석은 그대로 공을 쐈다. 무려 쓰리포인트 라인에서 말이다. 빌어먹을, 3점을 먼저 내주고 시작한 셈이었다. 열심히 뒤따라갔던 오지수는, 닭 쫓던 개마냥 강연의 뒤꽁무니에 서 있을 뿐이었다.

순식간에 벌어진 이 득점은 충격이었다. 아무리 시작과 동시에 벌어진 일이라 해도 불길함이 물밀듯 밀려왔다.

다음 공도, 그다음 공도 비슷한 광경이 반복되었다. 게다가 믿을 수 없는 건, 골 밑 리바운드 싸움에서도 번번이 우리 팀이 상대 팀에게 밀리고 말았다.

"야, 뭐냐?"

도저히 참을 수 없었던 나는 버럭 소리를 지르고 말았다.

"왜? 뭐가 문젠데?"

오지수가 되물었다. 오지수는 눈치까지 없었다. 이 상황이 전부 다 오지수 때문인 것 같았다.

"형, 잘한다면서요?"

"잘하고 있잖아."

"뭐가 잘해? 골 밑에서 공 한 번을 못 뺏는데?"

하도 기가 막혀서 말끝이 짧아졌다.

"앞으로 잘하면 되지. 야, 너 아까는 공 잘 잡았어. 다음에도 그렇게 하면 될 것 같더라."

　오지수가 엄한 녀석을 추켜세웠다. 그 녀석이 어깨를 으쓱해 보였지만, 녀석은 공을 잡자마자 다음 순간에 공을 뺏긴 터였다.

　오지수가 여섯 번째 손가락이 있는 왼손으로 이마 위에 흐르는 땀을 닦았다. 순간 새끼손가락 옆에 있는 또 하나의 손가락에 온 신경이 쏠렸다. 마치 또 하나의 생물이 손가락 옆에서 꿈틀대는 것 같았다. 보지 않으려 의식하면 할수록 그 미지의 손가락은 자기 존재를 더 과시하듯이 움직였다.

　오지수를 온전히 믿기는 어려웠지만 그때까지는 설마, 하는 마음이 컸다. 왜냐면 형의 표정만 본다면 뭔가 믿을 구석이 있는 것 같았고 여전히 여섯 번째 손가락은 내게 터무니없는 믿음을 주었기 때문이다. 다섯 개 손가락으로 잡는 농구공과 여섯 개 손가락으로 잡는 농구공은 물리적으로 다를 테니까.

　경기는 계속되었다. 상대 골 밑에서 공을 받은 녀석이 길게 공을 패스했다. 나는 정확하게 공을 받아서 주위를 둘러보았다. 아무리 봐도 공을 줄 사람이 없었다. 이 녀석은 이래서 불안했고 저 녀석은 저런 이유로 불안했다. 하는 수 없이 오지수에게 공을 패스했다. 안전한 센터에서 비교적 방해물도 없는 완전한 찬스였다. 하지만 오지수가 쏘아 올린 공은 바스켓의 테두리를 빙글빙글 돌더니 바깥쪽으로 뚝, 하고 떨어졌다.

오지수를 믿는 게 아니었다. 리바운드 싸움은 고사하고 공을 뺏기는 건 다반사에 골 밑 어깨싸움에서도 종수에게 지곤 했다. 게다가 덩크슛은 고사하고 그 흔한 자유투 성공률마저 형편없었다.

농구에 전혀 관심이 없던 창석마저 이 경기가 궁금한지 눈도 못 떼고 상황을 지켜보고 있었다.

"야, 이렇게밖에 못 하냐?"

리바운드 싸움에서 밀린 상황이 어이가 없어 공을 백보드 쪽으로 확 집어 던졌다. 농구공은 백보드가 아닌 볼 대 뒤쪽 벽을 맞고는 튕겨 나왔다. 튕겨 나온 공이 데구르르 굴러 오지수의 발밑에서 멈췄다.

순전히 오지수 들으라고 한 소리였다. 아이들은 억울하다는 표정으로 씩씩거렸다.

스코어는 29 대 21이었다. 두 세트 넘게 뛰었지만 이 경기는 불 보듯 빤했다. 한 번도 동점을 만들지도, 여덟 점 안으로 좁혀지지도 않았다. 결정적인 상황에서도 공을 뺏기거나 성공시키지 못했다. 차라리 점수 차이가 십 점 이상이라면 이렇게 약은 오르지 않을 터였다. 세 번째 세트가 시작되자 나는 점점 이 경기를 포기하고 있었다. 눈치를 보아하니 다른 녀석도 내 심정이랑 비슷해 보였다. 발바닥에 땀이 나도록 뛰어다니는 건 오지수뿐이었다. 선배로서 반드시 이 경기를 이겨야겠다는 생각 때문일까, 오지수는 정말 열심히 뛰고 점프하고 몸싸움을 했다. 나는 순간 저 형이 이 경기를 즐기고 있다는 착각을 했다. 착각, 그래 순전히 착각일 것이다. 설마 지는 경기를 즐기는 바보는 없을 테니까.

"아, 씨발, 그걸 못 잡냐? 나 안 해!"

팀원 중 한 놈이 내게 시비를 걸었다. 그야말로 내가 하고 싶은 말이었다.

"내가 뭘? 너도 아까 못 잡았잖아."

그때 오지수가 오지랖을 떨었다.

"야, 야, 그만들 해. 이러면 경기가 재미없잖아."

"지금 장난해요? 지고 있는데 무슨 재미를 찾아요?"

"이왕이면 재밌게 하자는 소리야. 넌 지금 이기기 위해서만 경기를 하잖아?"

"그럼 지려고 경기하는 얼빠진 새끼가 어디 있어요? 씨바알!"

나도 모르게 소리를 질렀다.

순간 모든 아이들이 숨죽이고 우리를 쳐다봤다. 묘한 정적이

체육관을 꽉 채웠다. 나는 이 순간을 벗어나고 싶어서 바닥에 나뒹구는 농구공을 발로 냅다 차 버렸다. 농구공이 농구대 기둥 사이로 아슬아슬하게 비껴 날았다. 순간적으로 한 행동이지만 스스로 생각해도 지나친 것 같았다. 공을 주우려고 뒤돌아설 때였다.

"넌 예의가 없구나……."

흘리듯이 한 말이지만 분명하게 들렸다.

"뭐라고요?"

뒤돌아 오지수를 바라봤다.

오지수는 내 말을 무시한 채 농구공을 주워 들고는 농구대 밑으로 가고 있었다. 다른 아이들도 그 뒤를 따랐다.

나는 멍하니 그들을 바라보고 있었다. 이 난감함을 어떻게 주워 담아야 할지 알지 못했다.

그때 체육 선생이 체육관으로 들어섰다. 너무 반가워서 뛰어가 안기고 싶을 정도였다.

"다들 열심히 하네……."

체육 선생이 우리를 둘러보다 오지수를 발견했다.

"어, 넌 뭐야? 오지수, 너 2학년 아니야?"

"맞는데요."

"그런데 여기 왜 있어?"

"그냥요."

"뭐라고? 그냥이라고? 이 녀석 봐라, 너희 반 지금 무슨 시간이야?"

"음…… 잘 모르는데……. 수학 시간인가?"

"이런 꼴통을 봤나? 너 여기 있는 거 허락 받았어?"

"아니요……."

"아니라고? 그걸 대답이라고 해?"

체육의 목소리가 점점 높아졌다.

"물어보셔서 대답한 건데……."

"이게 뭘 잘했다고? 너희들은 자유투 연습하고, 너는 따라와!"

체육이 오지수의 귀를 잡더니 그대로 끌고 나갔다.

나는 오지수를 향하여 더 많은 욕과 짜증과 분노를 표현하고 싶었는데 체육한테 그 기회를 빼앗겨 버린 것만 같았다. 아쉽기도 하고 화가 나기도 했다.

"이걸로 승부는 난 거다. 2학년 선배까지 와서 지원했는데도 졌잖아. 다시는 나한테 까불지 마라."

강연의 입가에 몹쓸 미소가 달려 있었다.

"웃기고 있네, 이게 무슨 정당한 경기야? 오지수, 그 새끼가

다 망친 게임이지."

"이제 와서 뭔 개소리야?"

"개소리는 지금 네가 하고 있잖아."

"뭐? 지금 나한테 개소리라고 했냐?"

강연과 나는 결국 주먹다짐 전까지 열을 올렸고 창석과 다른 아이들이 끼어들지 않았다면 둘 중 하나의 얼굴이 터질 판이었다.

허무하게 체육 수업이 끝나 버렸다. 오지수가 이 경기를 멋지게 말아 드셨다.

나는 오지수가 궁금했다. 요즘은 체육관 취침이 보건실 취침보다 유행인지는 모르겠으나 참신한 생각은 아닌 것 같았다. 늘 소란과 야단스러움이 있는 체육관은 솔직히 쉬기에 적당한 장소는 아니었다. 쉬기보다 놀기에 더 실용적이다. 운동장보다 햇빛도 들지 않고 왕왕거리면 울리는 소리 때문에 재미가 두 배이기 때문이다. 어쨌든 오지수의 여섯 번째 손가락은 참으로 해괴한 징표다. 저런 징표를 가지고 살아간다는 건 쉬운 일이 아닐 터였다.

그러고 보니 나 말고는 누구도 오지수의 여섯 번째 손가락에 관심이 없었다. 나만 몰랐던 거라 그럴 수도 있고 내가 이제야 발견해서 내 눈에 더 띈 걸 수도 있다. 어쨌든 한 녀석 정도는 아는 체할 정도의 특징인데 그걸 확인하지 못했다는 생각에 창석을 찾았다.

"창석이 봤냐?"

강연이 먼저 보여서 물었다. 녀석은 벌써 가려고 가방을 메고 있었다. 학원 가는 시간까지는 아직 여유가 있었다.

"모르겠는데?"

"그럼…… 혹시 너 오지수 형에 대해서 알고 있냐?"

"아직도 그 얘기냐? 깨끗하게 인정하시지. 솔직히 지수 형 덕분에 그나마 너희가 아슬아슬하게 진 거거든. 지수 형 아니었으면 완전 찌그러뜨릴 수 있었는데."

"웃기고 있네! 지수 형 아니었으면 이길 수도 있었거든."

"너 정말 그렇게 생각하는 건 아니지? 인정할 건 인정해라. 그나마 지수 형 때문에 경기가 재미났거든?"

"이기니까 재밌었겠지. 그게 뭐가 재미나냐?"

"아, 자식, 이기는 것만 승부가 아니거든!"

"뭐라고?"

"나 지금 좀 멋지지 않았냐? 이거 지수 형이 한 말인데…….

헤헤."

강연이 실실 쪼개면서 뒤돌아섰다.

"지수 형이 그런 말을 했다고?"

"네가 팔팔 뛰니까 형이 그렇게 말하더라고. 그건 그렇고 지수 형이 드디어 사고를 쳤나 보더라."

"사고를 쳤다고? 무슨 사고?"

"학교 그만뒀대. 오늘부로. 아까 우리가 한 체육 수업이 그 형한테는 마지막 수업인 거지."

"왜? 무엇 때문에? 수업 하나 땡땡이쳤다고?"

"너 지수 형한테 관심 많다? 나야 모르지, 창석이가 좀 아는 것 같긴 하더라."

강연이 그러고는 그대로 교실을 빠져나갔다.

학교를 그만뒀다는 말에 나는 머릿속이 멍해졌다. 서둘러 학원으로 향했다. 창석을 만나면 좀 더 많은 걸 알 수 있을 것 같았다.

수학 학원에 도착해서 창석부터 찾았다. 창석은 보이지 않고 벌써 도착한 강연이 다른 아이들과 떠들고 있었다. 오늘은 창석이 찾기가 숨은그림찾기 같다. 어디에 박혀 있는지…… 여자 친구 기다리듯 애타게 창석을 기다렸다.

"왜 이제야 왔냐?"

얼굴이 벌건 창석이 의자에 앉자마자 내가 말했다.

"내 고물 자전거 도둑맞았잖아. 걸어오느라 늦었지."

"너도? 학교에 자전거 도둑이 있다고 하더니 한두 놈이 아닌가 보네. 도대체 몇 대째야. CCTV 있어서 금방 잡을 수 있는데 왜 여태 못 잡는 거야?"

"그러니까 나도 그게 궁금하다. 근데 내 자전거는 완전 고물이라 훔쳐 봐야 쓸 데가 없는데 어떤 빙신이냐……."

"그건 그렇고, 지수 형 말이야, 학교 그만뒀다며?"

"너도 들었냐?"

"왜 그만뒀대?"

"나도 몰라. 내일 정도면 알 수 있겠지."

"그럼 그 손가락은 언제부터 그랬어? 태어날 때부터 그랬대?"

"손가락? 그게 뭐야?"

창석이 내 얼굴을 빤히 쳐다봤다.

"지수 형 손가락 말이야. 여섯 개잖아……."

"여섯 개? 손가락이 여섯 개였어? 진짜야? 난 왜 못 봤지? 그런데 손가락이 여섯 개면 어떻게 되는 거야? 몇 번째 손가락이 두 개 있는 거야? 엄지? 검지? 아니다, 가운뎃손가락이 두 개면 완전 재미나겠다. 욕을 하면 두 배잖아. 크크크."

창석이 저 혼자 묻고 대답하며 낄낄댔다. 도무지 심각한 구석이라고는 한 곳도 없는 시시한 녀석이었다.

"진짜 못 봤어? 왼손에 새끼손가락이 하나 더 있단 말이야."

"못 봤지. 새끼손가락이라 못 봤나? 아니다, 그럴 리가 없지. 손가락이 여섯 개면 소문이 나도 벌써 났을 것 아니야. 얼굴도 모르는 자전거 도둑도 한 달 내내 입에 오르내리는데."

"맞다, 농구 할 때도 못 봤어?"

"못 봤다니까. 지수 형 얼굴에 나 손가락이 여섯 개다, 하고 써 붙인 것도 아닌데 어떻게 보냐? 그걸 본 네가 이상한 놈이지."

창석은 서둘러 문제집을 꺼냈다. 나는 뒤에서 떠들고 있는 강연을 찾았다. 삼자대면한다면 더 확실히 알 수 있을 테니까.

말이 안 되는 상황이 벌어졌다.

오지수의 여섯 번째 손가락을 본 녀석이 한 명도 없었다. 훤한 대낮에, 게다가 햇빛도 잘 들어오고 조명도 환했던 체육관에서 오로지 손으로 공을 잡아야 하는 농구를 하면서 오지수의 여섯 번째 손가락을 나만 보았다는 것이다.

하는 수 없이 나는 그날 체육 수업에 참여했던 녀석들을 일일이 찾아 나섰다.

"야, 지수 형 왼손에 있는 여섯 번째 손가락 봤냐?"

"뭔 소리야?"

"진짜 못 봤어?"

"아직도 그 경기 때문에 그래? 그 경기 우리가 진 거라고 인정해라. 솔직히 지나고 보니까 나쁘지 않은 경기였더라. 이상하게 자꾸만 기억나더라고."

"나도 재미난 경기였어. 나한테 공이 자주 왔다니까?"

"사실 나도 그랬는데……."

"종수가 우리 팀이면 항상 종수한테만 공이 가잖아?"

"그렇지. 그런데 나한테도 기회가 오더라고. 물론 슛을 성공시키진 못했지만."

아이들은 웃어 가며 그 경기에 대해서 말했다.

"그거 말고, 지수 형 손가락 말이야!"

"뭘 말이야? 너도 빨리 인정해. 진 게 억울해서 손가락 어쩌구 하면서 묻고 다니는 거잖아."

아이들은 내가 손가락에 대해서 물으면 비슷한 대꾸를 했다.

그 경기가 내게는 억울한 게 맞다. 자꾸만 신경 쓰이는 것도 맞지만 그것 때문에 지수 형 손가락에 집착하는 건 아니었다.

이상한 일은 아이들의 반응이었다. 그렇게 욕을 해 대던 녀석들이 그 경기를 달리 기억하고 있다는 거였다. 신나게 뛴 경기라고 하는 아이도 있었고 하마터면 이길 뻔했다며 웃는 아이도 있었다.

그래서 나도 체육 시간을 복기해 봤다. 처음에는 화가 났지만 생각해 보니 그리 나쁜 경기는 아닌 것 같았다. 즐긴 것 같진 않았지만 체육이 일찍 오지만 않았다면 어쩌면 이길 수도 있는 경기였다. 뛰어난 실력이 있는 아이가 한 명도 없는 팀에서 그 정도면 나쁘지 않은 경기였다. 보통은 뛰어난 몇몇 아이에 의해서 승패가 갈렸다. 그래서 누가 우리 팀에 있는지가 더없이 중요했다. 그런데 고만고만한 실력을 가진 아이들끼리 아슬아슬한 점수를 내며 뛰었다는 건 그만큼 경기 내용이 좋았다는 거다. 어이없다고 생각한 농구 시합이 살짝 달리 느껴졌다.

그날 내내 날 사로잡았던 여섯 번째 손가락에 대한 집착은 다음 날까지 이어졌다. 오지수가 다니던 교실에 가 봤지만 이미 흔적도 없었고, 그의 손가락에 대해서 묻자 나를 다들 이상한 눈빛으로 쳐다보았다. 왜냐하면 같은 반 형들 또한 그 손가락에 대해서 알지 못했기 때문이다.

"손가락은 됐고, 너도 뭘 도둑맞았냐?"

"네?"

"걔가 자전거 도둑이잖아."

어떤 형이 알은체를 했다. 눈 모양이 유난히 가늘었다. 이런 눈은 의심이 가득한 눈이다.

"아니라잖아. 그것 때문에 그만둔 게 아니라고 했어. 그냥 학교에 다니기 싫어서 그만둔 거래."

"학교 다니고 싶어서 다니는 새끼가 어디 있냐? 그런 새끼 있으면 나와 보라 그래. 도둑질하고 쫄리니까 그만둔 거잖아. 누굴 속이려고."

눈이 가느다란 형이 흥분한 목소리로 말했다.

그때 다른 형이 끼어들었다.

"CCTV를 공개한다니까 곧 알게 되겠지. 근데 그 새끼 손가락이 여섯 개였대. 알고 있었냐?"

"뭐? 손가락이 여섯 개 있는 사람도 있냐? 졸라 웃긴다."

가는 눈이 웃으니까 더 가늘어졌다.

"아냐…… 나도 언젠가 들은 것 같긴 하다."

어디선가 또 다른 형도 끼어들었다.

"그래서 도둑질을 잘했나? 손가락이 여섯 개라."

가는 눈이 이번에는 킥킥거린다.

"도둑질은 모르겠고 피아노는 꽤 잘 쳤다고 하더라."

"피아노? 이 새끼, 뭐가 이렇게 뒷이야기가 많아?"

"피아노는 모르겠고 농구를 한 건 확실한 것 같더라. 그때 신체 조건이 규정에 맞지 않는다고 수술을 했다나, 어쨌다나. 그게 손가락이었던 모양이네."

"그치! 손가락 한 개가 더 있다는 건 엄청난 혜택 아냐? 공평하지 않잖아? 그래서 그 여섯 번째 손가락을 수술했대? 그래서 더는 농구를 잘하지 못한 거고? 스토리가 딱 이렇게 가야 전설이 되는 것 아니야? 야야, 나도 학교 그만두면 전설 하나 만들어 주라. 흐흐흐."

가는 눈이 자기랑 닮은 웃음을 흘렸다.

"그럼 너도 발가락 같은 게 하나 더 있어야지. 그래야 전설이든 뭐든 나올 것 아니야?"

"놀고들 있네……."

곧이어 서너 명의 형이 다가와 말을 보탰다. 그들의 새된 웃음소리가 교실 가득 울렸다.

결국 오지수의 여섯 번째 손가락에 대해 알아내지 못했다. 누구도 분명한 사실을 말해 주는 이가 없었다. 모두가 '라더라' 통신뿐이었다.

그런데, 그런데 말이다, 그놈의 손가락이 도대체 왜 내게만 보였던 걸까? 내게만 보였다면 그럴 만한 이유가 있을 터였다.

그 후 이상하게도 나는 농구가 시시해졌다. 가장 서운해하는 건 강연이었다. 악착같이 승패에 목을 맸던 내가 없어졌으니 그럴 만도 했다.

승패에 대한 집착이 없어지자 모든 게 가벼워졌다. 가드로서의 내 위치가 얼마나 억지스러웠는지도 알게 되었다. 나는 어느 순간 창석과 함께 멍하게 앉아서 공상하는 시간을 즐겼다.

멍하게 앉아 있을 때면 나는 오래도록 오지수의 여섯 번째 손가락에 대해서 생각했다. 오지수의 여섯 번째 손가락은 피아노를 쳤고, 농구공을 잡았을 테고, 누군가의 자전거를 훔쳤을지도 모른다. 본인이 말한 예의가 없는 세상을 여섯 개의 손가락으로 후려치고 싶었는지도 모르겠다. 누구도 보지 않았던 세상을 여섯 손가락으로 보았을 테니까.

「 야 생 거 주 지 」

내가 살 집은 오래된 주택가에서 언덕 꼭대기에 있는 집이었다. 대지가 200평이란다. 건평은 80평이 조금 넘는다고 했나? 열일곱 살이 알아야 할 정보는 아니다. 엄마가 이 집에 딸린 한 칸짜리 월세방을 얻을 때 주워들은 소리다.

월세방 하나를 내게 던져 주고는 잘난 엄마 아빠는 뿔뿔이 흩어졌다. 도대체 어떻게 살면 저렇게 무책임한 부모가 될 수 있는지 알고 싶을 뿐이다.

어두컴컴한 주택은 정원을 가운데 두고 주인집 본채와 조립식 월세방 여섯 개로 나뉜다. 통로를 따라 늘어선 방 여섯 개는 정원의 한쪽 구석에 'ㄱ'자 모양으로 있다. 'ㄱ'자의 꺾어지는 모서리에 이 주거지의 유일한 화장실이 있다. 내 방은 다행히도 맨 끝, 대문 바로 옆이다.

다섯 개의 거주지에 어떤 인간들이 사는지는 아직 파악하지 못했다. 네 평짜리 집에는 부엌과 방이 하나씩 딸려 있다. 이곳에는 2에서 2.5명의 인간들이 산다. '쩜 오'는 반은 사는 것 같고 반은 살지 않는 걸 말한다.

그 흔한 고시텔도 아니고 원룸도 아닌 이곳을 택한 이들은 어떤 사람들일까? 흔히 개별 부엌이 필요하지만 보증금이 없는 사람들이다. 이를테면 애가 하나 딸린 사람이나 몇 백도 없는 사람일 확률이 크다. 혹은 동거인 딱지를 단 어린 커플도 있다. 단순 동거인도 있지만 혼자 살고 있는 사람은 내가 유일한 듯했다.

"데리러 올 때까지만 살아. 문 잘 잠그고."

"왜, 잡혀 갈까 봐? 그런 사람들이 딸을 이딴 곳에 버리고 가나?"

엄마는 끝끝내 미안하다는 소리도 없이 뒤돌아섰다. 코빼기도 내밀지 않은 아빠라는 작자에 비하면 그나마 낫다.

엄마가 떠나자 나는 야생의 공간에 떨어진 연약한 생명체처럼 그 밤을 뜬눈으로 지새웠다. 아니, 날을 꼬박 새울 수밖에 없는 분명한 이유가 있었다. 사방으로부터 들려오는 미세한 소음으로 살이 떨렸고 작은 진동으로도 가슴이 덜컥거렸지만 밤새 나를 괴롭힌 건 이런 것들이 아니었다. 공포와 불안으로 밤을 지새울 거라는 염려와 달리 나는 생리적 욕구 때문에 한숨도 자지 못했다. 본능적인 욕구가 인식을 지배한다는 걸 단박에 알아 버렸다.

블룸버그 통신에 의하면 빌 게이츠는 1994년에 설립한 재단에 화장실을 짓는 데 2억 달러 넘게 썼다고 한다. 우리나라 돈으로 2천 억이 넘는 돈이다.

빌 게이츠야 개발국들이 열악한 화장실로 인한 오염된 식수 때문에 생명을 위협받는다는 걸 알고 박애주의 정신으로 사업을 한다지만 우리나라의 경우는 다르다. 우리나라 화장실이 얼마나 좋아졌는지는 고속도로 공중화장실만 가도 알 수 있다.

고속도로 화장실은 제쳐 두고 공원 화장실만도 못한 화장실이 있었으니 바로 내가 살고 있는 주거지의 화장실이었다. 누가 튀어나와서 잡아끌어도 모를 구조로 된 화장실까지 가는 길도 지난하지만 화장실의 실태를 보고 경악을 금치 못했다. 2022년에 마주한 화장실이라는 게 믿기지 않을 정도였다. 열 명 남짓한 사람들이 좌변기 하나, 남자 변기 하나에 의지하려니 보나 마나일 거라고 예상은 했지만 넘쳐나는 똥물에 볼일을 포기하고 말았다. 차마 그 똥물이 차는 변기에 맨 엉덩이를 댈 수는 없었다.

그때부터 나의 모든 생활 패턴은 화장실과 연결되었다.

"안 먹어?"

속도 모르고 윤희가 매번 수업이 끝나면 가던 학교 앞 분식집을 가리켰다.

"다이어트 중!"

"뭔 다이어트야. 네가 뺄 살이 어디 있다고?"

저녁은 무조건 안 먹고 버텼다. 가능한 모든 배변 활동을 밖에서 해결할 전략이 필요했다.

"나 먼저 갈게."

"선수! 너 요즘 과외 받냐? 다니던 학원도 다 끊고?"

선주라는 이름이 멀쩡하게 있지만 반 아이들은 나를 선수로 불렀다. 선주로 불리든 선수로 불리든 별 상관은 없지만 선주보다는 선수가 더 좋았다. 왠지 사는 게 긴 경주 같고 이 경주에서 반드시 이겨야 한다면 선주보다는 선수여야 할 것 같아서다.

"……그렇다 치자."

"치자? 치자는 뭔 소리인고?"

"내가 요즘 특별한 과외를 받거든. 내 인식이 본능을 어떻게 해야 이길 수 있는지에 대한 과외랄까?"

"흠…… 뭔 소린지 몰라도 본능을 무슨 수로 이기겠다고 과외씩이나……."

"선수 이만 퇴장한다!"

윤희를 뒤로하고 거주지로 갔다. 학원도 다 끊었으니 마땅히 갈 곳도 없었다.

오자마자 부엌 바닥에 있는 수챗구멍 가까이에 앉아 오줌을 쌌다. 그러고는 락스를 뿌렸다. 싸하고 시큼한 냄새가 네 평 공간에 숨 막힐 듯이 가득 찼다. 지금까지 얼마나 편안하게 싸고 살았는지를 복기하며 바닥에 솔질을 해 댔다. 가난이 화장실에서 왔다는 걸, 빌 게이츠의 선행을 언급하지 않아도 자연스럽게 알게 되었다.

녀석을 본 건 새벽녘이었다.

화장실 앞에 우두커니 서 있는 녀석은 이곳에 온 지 이틀 되었다. 동거하던 어린 커플이 나가고 그 방에 들어온 아이였다. 녀석이 나보다 낫다면 엄마와 함께 이사 온 것 같았다.

보아하니, 녀석도 나와 똑같은 번뇌를 느끼고 있을 터였다.

"힘들 거야."

웬만하면 남 일에 참견을 안 하지만 이 일만은 남 일 같지 않았다. 저 앞에서 겪어야 할 오만가지 생각과 참담함, 마침내 겪어야 할 자기 존재마저 부정하고픈 감정을 익히 알고 있는지라 오지랖을 떨고 말았다.

녀석은 아무런 표정도 없는 눈으로 날 돌아봤다. 난생처음 아무 감정도 없는 얼굴을 마주 본 느낌이었다.

"안 들어가 봤어? 들어가 봐……."

"왜?"

"볼일 보려고 거기 서 있는 거 아니야?"

녀석이 고개를 끄덕였다.

"아직 상황 파악이 안 됐나 봐? 거긴 똥 지옥이야, 똥 지옥. 열어 보면 알아."

"그래서 생각 중이야."

"무슨 생각?"

"내 똥으로 뭘 할까 하고……."

"똥으로 뭘 한다고?"

잘못 들었나 싶어 자꾸만 묻게 된다.

"……마오리족은 소똥으로 집을 짓는대."

"뭐?"

120

녀석이 뒤돌아서 나를 보았다.

소처럼 큰 눈이 끔벅이고 있었다. 그러고는 나를 천천히 스쳐 지나갔다.

"야!"

나도 모르게 소리를 질렀다. 새벽녘이라 복도에 내 목소리가 크게 울렸다.

"네가 소는 아니잖아. 마오리족도 아니고?"

"……둘 중 하나가 된다면 똥 같은 건 문제도 안 되겠지?"

"뭐?"

녀석이 사라진 후에도 멍하니 그 자리에 서 있었다. 녀석이 똥 한번 못 싼다고 소나 마오리족이 되는 것도 아닌데 오랫동안 녀석의 말을 곱씹었다.

녀석의 엄마는 밤에 일을 하러 나갔다. 녀석이 눈에 띄는 시간도 주로 밤이었다.

편의점 봉지를 들고 털썩털썩 걸어오는 모습을 몇 번인가 보았다. 적어도 소처럼 먹는 것 같지는 않았다. 늦은 새벽, 아니 해가 뜨기 직전에 불콰하게 술에 취해 들어오는 녀석의 엄마 뒤에는 녀석이 꼭 서 있었다.

그즈음 나의 관심사가 온통 녀석인지라 나의 주거지에 대한 불만이 조금씩 잊혀지고 있었다. 하루에 한 번씩 연락하던 엄마가 하루나 이틀 정도 연락을 걸러도 딱히 화가 나지 않았다. 순전히 녀석 때문이었다. 이름도 모르는 타인의 배변 활동에 왜 이리 집착을 하는지 나도 날 이해할 수 없었다.

언제부턴가 녀석이 화장실에 전혀 가지 않을지도 모른다고 의심했다. 의심이 점점 확신으로 바뀌기까지는 그리 오래 걸리지 않았다.

윤희에게 내 사정을 털어났다. 과외니 학원이니 쫓아다니며 물어 대는 통에 더는 감출 수가 없었다. 그보다는 주거지에 대한 혐오감이 덜어지자 조금은 마음의 여유도 생겼다. 아빠가 뜬금없이 보내 준 용돈도 한몫했다. 지난주에 이미 엄마한테 받은 용돈이 있었던 터라 공돈이 생긴 것 같았다.

"힘들었겠다."

윤희가 고해성사 같은 내 이야기를 듣고 한 첫마디였다.

무엇인가 형식적인 냄새가 강했지만 그래서 나쁘지 않았다. 속으로 화장실 이야기를 하지 않은 게 다행이라고 생각했다. 왠지 그 이야기만은 하고 싶지 않았다.

어쨌든 윤희가 울거나 한숨을 쉬거나 날 불쌍하게 봤다면 더

견디기 힘들었을 것이다. 담담한 저 한마디가 오히려 내 일이 별일이 아닌 것처럼 만들었다.

"그렇지. 그러니까 학원이니 과외 같은 개소리는 그만해라."

"진짜 개소리였네……. 그래서 앞으로 어떻게 하면 되냐?"

"내가 뭘?"

"앞으로 어떻게 해야 하는 거 아닌가? 집이 망하거나 환경이 변하면 평범한 애도 캔디가 되거나 소공녀가 되는 거 아니었어? 너한테도 그럴 기회가 오냐는 거지."

"흠, 나는 캔디형 인간이 아니라 외롭고 슬프거나 울고 싶으면 그렇게 할 거야. 부자가 돼서 나타날 아빠 같은 건 없으니까 소공녀도 안 되겠네. 기대하지 마라!"

윤희가 고개를 끄덕였다.

우리는 타인의 고통에 어떻게 공감해야 하는지 익숙하지 않았다. 익숙하지 않아서 담담할 수 있었다.

내가 엄마 아빠의 추락에 대해서 담담한 것도 그래서다. 당장 내일 학원 갈 일이 사라져 버린 게 오히려 다행이라고 생각했으니 말이다. 내게 큰 불편만 없다면 이 정도야 잠시 참을 수 있다고 생각했다.

참는다, 견딘다, 사실 이런 단어와는 멀게 살아왔다. 다이어트 할 때 빼고는 먹고 싶은 것을 참아 본 적이 없다. 갖고 싶은 걸 다 가질 수 있는 건 아니었지만 살아가는 데 불편하지 않을 정도로 입고, 가져 봤고, 먹었다. 씻고 싸는 일은 공기와 같은 것이었다.

그런데 공기와 같은 것들이 달라졌다는 걸 윤희의 변화에서 알아챘다. 윤희가 달라진 건가? 아니면 나의 자격지심인지도 모르겠다.

고백을 하고 한 주가 지나기도 전에 윤희와 나 사이에 묘한 기류가 생겼다. 그도 그럴 것이 학원을 같이 다니지 않으니 윤희와 점점 할 말이 적어졌다. 윤희는 우리와 친하지 않았던 무리와 어울렸다. 같은 학원에 다니게 된 아이들이다.

여자아이들만 다니는 학교의 일상보다야 남자아이들과 섞여 공부하는 학원이 늘 이야깃거리가 넘쳐나긴 했다. 늦게 와서 어떤 남자애와 나란히 앉은 것만으로도 그날이 다 가도록 이야기 나누곤 했으니까.

이런 시간을 남들은 어떻게 겪어 낼까?

정답이 없었다. 일부러 못 본 척하거나 무시하거나 아무렇지 않은 척하는 게 최선이었다. 하루에 몇 번이고 별일이 아니라고 주문처럼 중얼거렸다. 하지만 마음의 구멍이 커지고 있었다. 나는 나의 구멍이 보여 견딜 수가 없었다.

시간이 지날수록 이제 견딜 만하다고 생각한 것들이 다시 불편해지고 있었다. 그중 현관문을 열 때마다 올라오는 지린내가 그랬다. 락스를 아무리 뿌리고 솔질을 해 대도 오줌 냄새가 났다. 오줌 냄새는 나의 모든 것에서 맡을 수 있었다. 머리카락, 옷, 가방, 심지어 피부에서도 그 미세한 냄새가 났다. 샤워는 새벽녘 모두가 잠든 시간에 부엌에서 대충 해결했다. 현관 반투명 유리문에 포장지를 꼼꼼하게 붙이고 밖의 눈치를 봐 가며 했다. 처음부터 공용화장실에 있는 샤워기나 세탁기는 아예 써 볼 생각도 안 했다.

운이 좋아 변기가 뚫린 날 화장실을 용케 쓰기도 했지만 대부분 이틀을 넘기지 못했다. 빌어먹을 인간들이 똥만 싸 대는 게 아니라 토악질에 휴지 뭉텅이를 쑤셔 넣어서 그런 거였다.

"다 나와 봐! 이놈의 인간들이 처먹고 똥만 싸나! 변기 뚫은 지 삼 일밖에 안 됐는데 또 변기가 막혔다는 게 말이 되냐고!"

주인아줌마의 듣기 싫은 쇳소리가 복도에 쩌렁쩌렁 울렸다.

새벽 6시가 안 된 시간이었다. 누군가에게는 아침이겠지만 내게는 아직 새벽이었다.

방문 열리는 소리가 여기저기서 들렸다.

나도 슬리퍼를 끌고 밖을 내다봤다.

사람들이 화장실 주위에 모여 있었다. 녀석이 있나 고개를 더 빼고 둘러보았지만 녀석은 보이지 않았다.

주인아줌마의 거대한 몸도 보이지 않았다. 목소리만 화장실 안쪽에서 들릴 뿐이었다.

"자꾸만 이러면 화장실을 아예 잠가 버릴 테니까 그리들 알어!"

그러자 누군가 불만이 가득한 목소리로 말했다.

"거어…… 똥을 쌌으면 제발 물 좀 내리쇼……."

"똥 싸서 막힌 게 아니고 술 먹고 토하니까 막히는 거라고요."

"누가 거기다 토악질을 해 대누?"

"그것뿐이게요? 휴지를 아예 뭉텅이로 쑤셔 놓아서……."

사람들은 자기가 아닌 남이 한 일처럼 말했다. 단 한 명도 저곳에 똥을 싸는 인간이 없는 것 같았다.

"그러니까 다 당신들 짓이야. 앞으로는 당신들이 돈을 모아서 뚫든 알아서 해. 고장 난 세탁기 수리도 당신들이 알아서 하고."

주인아줌마가 때는 이때다 하고 끼어들었다.

"전 이곳에 온 지 일주일도 안 됐어요. 그걸 제가 왜 고쳐요? 세탁기는 한 번도 안 썼구먼."

누군가 볼멘소리로 대답했다.

"똥오줌은 안 쌌어? 똥오줌은 쌌을 거 아니야?"

주인아줌마의 목소리가 누군가 대꾸를 할 때마다 한 옥타브씩 높아지고 있었다. 급기야 쇳소리와 함께 소리를 질러 댔다.

끼이익!

그때 철제 대문이 주인아줌마와 비슷한 소리를 내며 열렸다. 녀석의 엄마가 술에 취한 모습으로 들어오고 있었다.

오늘은 퇴근이 더 늦었다. 겨울이라 바깥이 아직 어두웠지만 6시는 아무래도 밤보다는 낮에 가까울 테니까.

모여 있는 사람들의 시선이 일제히 녀석의 엄마에게 향했다.

"뭐야? 왜들 모여 있어? 나 기다린 거야? 흐하하하하!"

녀석의 엄마가 야단스럽게 웃었다. 온몸이 웃음과 함께 흔들리고 있었다. 말투만 아니라면 얼굴색이 취한 사람 같지 않았다.

"에이그, 지겨워! 하나같이 사는 꼬라지하고는!"

주인아줌마가 말했다.

그러자 녀석의 엄마가 웃음을 멈추고는 주인아줌마를 사납게 흘겨봤다.

"왜? 내 꼬라지가 어때서? 당신이 보태 준 거 있어? 당신이 보태 준 거 있냐고!"

그때였다.

"엄마!"

녀석이 언제 나왔는지 사람들 뒤쪽에 서 있었다.

"으응…… 아들……."

여자가 휘청거리며 녀석에게로 향하자 사람들이 길을 터 주었다.

"들어가요."

녀석이 엄마의 팔을 잡아끌었다. 녀석의 엄마는 녀석이 이끄는 대로 순순히 몸을 움직이며 중얼거렸다.

"환아, 내 꼬라지가 흉해? 그래서 너도 나한테 말 안 하는 거야? 응? ……말해 봐……. 응?"

내 자리에서는 녀석의 뒤통수만 보였다. 그런데도 나는 녀석의 표정이 보이는 것만 같았다.

언젠가 아빠가 식탁에 앉아 술을 마셨다. 취한 아빠가 엄마에게 끊임없이 묻던 것도 이와 비슷했다.

"내가 뭘 잘못했니? 응? 내가 뭘 그렇게 잘못했다고 말을 안 하는 거야. 말 좀 해 봐, 말 좀 해……."

엄마는 아빠를 쳐다보지도 않았다. 그건 나도 마찬가지였다.

우리는 가족이어도 서로의 실패에 관대하지 않았고 절망에 공감할 수도 없었다. 모두의 잘못이 아닌 개인의 잘못이라고 생각했기 때문이다.

우리는 각각의 실패자가 되어 뿔뿔이 흩어졌다. 엄마는 경기도 어딘가의 건설 현장의 식당에, 아빠는 지방의 친구 공장에, 나는 이 야생 거주지에 말이다.

주인아줌마가 화장실 문제로 더는 자기를 찾지 말라며 으름장을 놓고는 본채로 올라갔다. 그러자 가만히 보고만 있던, 이곳에서 가장 오래 살았다는 1호 방 아저씨가 중얼거렸다.

"지독한 사람 같으니라고. 있는 사람이 더하다더니! 저러니 자식 새끼 하나 찾아오지도 않지."

사람들은 서로 눈치를 보다 각자 방으로 흩어졌다.

똥을 싸는 일이 어쩌다 이렇게 절실해졌을까?

야생 거주지 사람들은 인간으로서의 가장 기본적인 품위를 잃어 가고 있었다. 고작 똥 싸는 일로 서로를 비난하고 있으니 말이다.

서로를 탓했던 사람들이 사라진 복도에는 휑한 적막감만 돌았다. 나도 막 내 방으로 돌아와 문을 닫으려고 할 때였다. 반투명 유리에 후드 티를 머리까지 뒤집어쓴 그림자 하나가 지나가는 게 보였다. 다시 빼꼼히 문을 열었다.

녀석이었다. 녀석이 녹슨 대문 뒤로 사라지고 있었다. 갑자기 녀석의 뒤를 따라가고 싶다는 맹렬한 욕구가 일었다. 어쩌면 녀석은 지금 똥을 싸러 가는 건지도 모른다. 자기만 아는 고상한 화장실을 가지고 있을지도 모른다. 나도 모르게 녀석의 뒤를 따라나섰다. 나와 보니 맨발에 슬리퍼 차림이었지만 다시 들어가 양말을 신고 나오기에는 늦은 것 같았다. 카디건이라도 걸친 것을 다행스럽게 여기며 녀석의 뒤를 밟았다.

녀석은 상가가 있는 도심 쪽이 아니라 산책로가 있는 산 쪽을 향하고 있었다. 잔뜩 어깨를 웅크리고 어슬렁어슬렁 걸었다. 숙인 머리가 남색 후드 티의 모자 속에 감춰져 도무지 내가 쫓는 녀석이 그 녀석이 맞는지 확신이 서지 않았다.

녀석은 한 번도 뒤돌아보지도, 걸음을 멈추지도 않았다.

녀석이 멈춰 선 곳은 고장 난 운동기구가 있는 작은 쉼터였다. 그곳에 공용화장실이 있었다.

'그럼 그렇지!'

녀석이 얄미웠다. 혼자만 알고 있는 개인용 화장실이 바로 이곳이었다.

녀석은 우두커니 화장실을 바라보고 있었다.

'뭐야, 화장실을 보면서 감사의 기도라도 하는 거야?'

도무지 녀석의 행동 하나하나가 개운치 않았다.

막 소리를 질러 내가 있다는 걸 알려 줄 참이었다. 그런데 녀석이 갑자기 뛰기 시작했다. 산책로가 아닌 길이 없는 산속으로 뛰었다. 너무도 갑작스러운 움직임이라 나는 그대로 선 채 멍하니 녀석이 사라진 곳을 바라볼 뿐이었다. 물론 맨발에 슬리퍼를 끌고 나온 터라 녀석을 따라갈 엄두가 나지 않았다.

나는 다리를 들어 올리는 운동기구에 걸터앉아 녀석을 기다리기로 했다. 내려가는 길은 이곳이 유일했지만 이미 녀석은 길이 아닌 곳을 택했다. 그러니까 길이 아닌 곳으로 내려갈 수도 있었다. 하지만 왠지 녀석이 이곳으로 돌아올 것만 같았다. 미련한 감으로 기다리기에는 심하게 추운 아침이었다.

녀석은 아직 산속에 있었다. 간간이 들려오는 괴성이 알려 주었다.

이아레-

마아아아아테-

이이이이아아아루-

괴성은 무작정 질러 대는 소리와는 달랐다. 우는 소리 같기도 하고 노랫소리 같기도 했다. 아니면 누군가와 슬픈 대화를 한다면 그런 소리일 것 같았다.

어쨌든, 뭐라 단정 짓기 어려운 소리가 끊임없이 새벽 하늘을 깨우고 있었다.

녀석이 말한 마오리족이 왜 그때 생각났는지 모르겠다. 유튜브에서 찾아 본 뉴질랜드의 원주민은 손을 흔들며 「포카레카레아나」라는 노래를 부르고 있었다. 우리에게는 「연가」라는 사랑 노래로 익숙한 곡이다. 이 상황과 사랑 타령은 어울리지 않았지만 녀석의 괴성에서 그 노래가 연상되는 건 어쩔 수 없었다. 한동안 들리던 소리가 딱 멈췄다. 지독한 고요함이 찾아왔다.

잠시 후, 손보다 발이 시려 더는 참을 수 없다고 생각했을 때 녀석이 돌아왔다. 녀석은 온몸이 땀으로 젖어 있었다. 후드에서 흘러내린 머리카락이 이마에 찰싹 붙어 있었고 목이며 얼굴에도 땀이 흘렀다.

"뭐 하는 짓이냐? 이 꼭두새벽에?"

"……."

"너 거기서 뭘 한 거야? 똥 싼 거지? 그렇지? 야, 말해 봐!"

녀석은 대꾸도 없이 산책로를 내려갔다. 녀석의 뒤를 따르며 다시 물었다.

"그렇게 뛰면 똥 마려운 게 참아져? 글렀어. 우리는 그것에서 자유로울 수 없다니까. 어차피 어딘가에 반드시 똥을 싸야 한다고. 보아하니 그곳도 상태가 좋아 보이진 않는 것 같더라. 그러니까…… 이생망이야. 이생망 알지? 이번 생은 망했다는 거지. 아무 데나 싸야 한다니까? 야, 듣고 있어?"

녀석이 순간 돌아섰다. 그러고는 처음으로 표정 있는 얼굴로 내게 물었다.

"너 스토커야?"

"스토커? ……음, 그건 아니지만 이 야생 거주지에 같이 사는 종족으로서 너의 배변 활동에 관심이 있을 뿐이야. 안 그럼 돌것 같거든……."

녀석이 나를 빤히 바라봤다. 나를 보는 눈동자가 밤처럼 까맸다. 날이 다 밝았는데도 그리 보였다.

"네가 돌든 말든 난 관심 없어. 너도 나한테 관심 꺼라!"

녀석은 대답처럼 싸늘하게 돌아섰다. 그러고는 제법 빠른 걸음으로 걷기 시작했다.

녀석을 멍하니 바라보았다. 이상하게 억울했다. 이 모든 게 녀석과는 상관이 없었지만 한 인간에게만은 내 억울함에 대하여 알려 주고 싶었다. 나도 모르게 소리를 지르고 말았다.

"나도 알려 줘. 너처럼 고상하게 똥을 쌀 수 있는 방법 말이야!"

녀석이 멈춰 섰다. 계속해서 끝도 없이 걸을 것 같았던 녀석이 멈추고는 뒤돌아 나를 봤다.

"마오리족이 될 거야."

"뭐?"

"가서 「연가」를 부르려고. 혹시 아냐, 내가 좋아하는 사람이 다시 돌아올지?"

"좋아하는 애가 있었어?"

"엄마는 돌아올 생각이 없나 봐. 그걸 보는 게 힘들어."

나는 화장실 이야기를 하는데 녀석은 좋아하는 애인지 엄마인지 하여튼 누군가에 대해서 얘기했다. 게다가 무척 진지해서 내가 무어라 끼어들 수가 없었다.

"그곳에서 맘껏 똥도 싸고 오줌도 싸고 그렇게 살래. 그걸로 집도 짓고 성도 짓지 뭐."

"뭔 소리야?"

"내가 말했잖아. 마오리족이 될 거라고."

녀석은 더는 할 말이 없는지 다시 걷기 시작했다. 전보다는 여유로운 걸음이었다. 내가 급하게 따라가지 않아도 될 정도의 속도였다.

마침내 며칠 전 새벽에 터질 게 터지고 말았다. 배가 싸르르 아프기 시작했다. 몇 초 간격으로 일정하게 통증이 찾아오며 배가 뒤틀리기 시작하는데 단순히 배가 아픈 게 아니고 창자가 꼬이는 느낌이었다. 허리가 펴지지 않으면서 온몸에 소름이 돋고 식은땀이 나기 시작했다. 너무 급한 나머지 공용 화장실 문을 열어 봤지만 차마, 그렇다, 차마 그 변기에 앉을 수는 없었다.

철문을 밀어 열고 거리로 나왔다. 배는 아팠지만 다행히 거대한 무엇인가가 그곳을 꽉 막고 있는 느낌이었다. 나와야 할 것이 막혀 있으니 그 여파가 온몸에 각자 다른 증상으로 나타나고 있었다. 휴지를 꽉 움켜쥐고 종종걸음을 했다. 가는 내내 화장실이 있을 만한 건물을 떠올려 봤다. 어느 곳도 생각나지 않았다. 버스로 세 정거장 떨어진 지하철역이 있었지만 먼 것은 둘째고 새벽에는 철문이 내려져 있을 터였다. 무작정 걸으며 상가 입구의 출입문을 죄다 열어 봤다.

세상인심이 이리 각박한 줄 몰랐다. 대부분 건물 입구가 잠겨 있거나 그나마 열려 있는 곳도 화장실에는 죄다 비밀번호가 걸려 있었다. 그때 환하게 비쳐 오는 것이 있었으니 편의점이었다. 마치 광명의 불빛처럼 은혜롭기까지 했다.

어디서 그런 용기가 났는지 모르겠다. 아니, 급하면 물불 안

가린다더니 딱 그 격이었다.

"화장실 좀 쓰면 안 될까요!"

부탁이 아닌 절규에 가깝게 외쳤다.

희멀건 안경을 쓴 알바생이 눈을 게슴츠레 뜬 채 날 바라보더니 그대로 고개를 숙였다.

"안 돼요……."

"네?"

짐짓 못 들은 척 다시 물었다.

"뭐라고요?"

"안 된다고요."

이번에는 매우 분명한 목소리였다.

"제발 한 번만 쓸게요. 뭘 사야 돼요? 화장실 쓰고 나서 살게요."

"그래도 안 돼요."

아아, 이 빌어먹을 알바생이 지금 내 표정을 보고도 저런 말이 나오는지 믿을 수가 없었다. 아무리 뭣 같은 세상이라고 해도 벼랑 끝에 선 사람을 밀어내다니 당장이라도 멱살을 잡고 흔들고 싶었다. 하지만 난 죽느냐, 사느냐를 코앞에 두고 있는 터, 최대한 눈을 애처롭게 뜨고 다시 한 번 물었다.

"왜 안 돼요?"

"화장실 쓰겠다는 사람이 한두 명이 아니에요. 사장님이 절대로 화장실 열쇠 주지 말라고 했어요."

한참을 서 있었지만 내게는 눈도 맞추지 않는 저 녀석에게 시간을 낭비할 틈이 없었다. 배는 수시로 아파 왔고 이제는 등과 이마에 식은땀이 나기 시작했다.

융통성이라고는 조금도 없어 보이는 알바 놈을 저주하며 편의점을 나왔다. 더불어 나의 똥구멍이 서서히 열리고 있었다.

"아아…… 썅……."

욕이 신음처럼 튀어나왔다. 나는 언덕을 향해 무작정 뛰기 시작했다.

안간힘을 다해 뛰는 동안 아침에 먹은 우유와 시리얼을 탓했고 점심에 먹은 돈가스 급식을 탓했다. 매점에서 먹은 초코칩과 누군가 준 마시멜로 서너 개, 결정적으로 집에 오면서 마신 복숭아 맛 미요미요와 함께 먹은 크림빵이 생각났다. 원 샷 원 킬로 단숨에 들이켠 미요미요가 지금 복통의 화근이란 생각이 떠나질 않았다.

참기에는 임계점이었다. 눈앞이 흐려지며 그대로 쓰러져도 이상할 것 같지 않았다. 아마 포털에는 똥을 제때 싸지 못해서 죽은 여고생이라고 뜰지도 모른다. 얼굴 모자이크 정도는 해 주려나.

노오랗게 물들어 가는 내 눈앞에 진짜로 노란 승합차가 나타났다. 유치원 차인지 학원 차인지 알아볼 순 없었지만 저 차 뒤라면 이 몸 하나는 어찌 감춰질 것 같았다.

배를 부여잡고 승합차 뒤로 가자마자 바지와 팬티를 한 번에 내리고 쭈그리고 앉았다.

꾸르륵!

꽉 누르고 있던 똥구멍의 시원한 비명이 온 세상을 가득 채웠다.

머릿속에 떠돌던 오만가지 불길했던 상황들이 가라앉으며 깊은 안도감이 찾아왔다. 그곳이 야외라는 것도 잊을 정도였다. 난생처음 노상 방뇨와 함께 노상 배변을 하고야 말았다.

집으로 돌아오는 내내 알 수 없는 눈물이 흘렀다. 왜 자꾸만 염치없이 눈물이 흐르는지 알지 못했다. 아마도 시원해서 울었거나 이 현실이 어처구니가 없어서 울었는지도 모르겠다. 끝끝내 눈물의 정체를 알 순 없었지만 그날의 배변이 쉽게 잊히지 않을 거라는 걸 알았다.

다음 날 나는 다시 현장을 찾았다. 똥은 그곳에 있었다. 그림

같은 고상한 형태는 아니지만 틀림없는 내 똥이 맞았다. 내 똥이 사라지기까지는 꽤 오랜 시간이 걸렸다. 어느 땐 일부러 고개를 돌려 외면하기도 하고, 어느 땐 뚫어져라 바라보며 그 길을 지나갔다. 어느 순간 똥은 사라졌지만 나는 여전히 그곳을 바라보게 된다. 사라진 흔적이 공기 중에 남아 있기라도 한 양 그곳에서는 똥 냄새가 났다.

그리하여 알게 되었다. 인간은 누구나 길에서 똥을 쌀 수 있는 존재라는 걸. 개나 고양이처럼 일상적인 행위는 아니지만 누군가 길바닥에 똥을 쌌다면 그럴 만한 이유가 꼭 있을 거라며 나 자신을 수없이 설득했다. 그래야만 나 자신을 비난하지 않을 수 있었다.

며칠 후 녀석이 거주지에서 사라졌다. 녀석이 사라진 지 사흘째 되던 날 녀석의 엄마가 한밤중에 울고불고 난리를 쳤다.

사람들이 나와서 녀석의 집 앞에 모여들었다. 주인아줌마도 어느새 내려와 있었다.

"애기 엄마, 다 큰 애니까 곧 돌아올 거야."

주인아줌마가 처음으로 새된 목소리가 아닌 낮은 소리로 위로하듯 말했다.

"안 돌아오겠다고 편지까지 써 놓고 나간걸요. 흐흐흑……."

"그래도 언젠가 돌아오는 게 자식이야. 어디든 터 잡고 기다리면 귀신처럼 찾아오더라고. 내 말이 맞을 거여. 내가 알지, 내가 알아."

"맞아요. 저도 열네 살에 가출했다가 서른 넘어서 집을 찾아갔어요. 그렇게 때리던 아버지라는 작자가 그제야 죽어 버렸거든요."

"어이, 김 씨? 그거 위로라고 말하는 거야? 제발 아무 말도 안 하는 게 낫겠구먼."

주인아줌마의 타박에 김 씨 아저씨가 머리를 긁적였다.

타박은 했지만 거주지 사람들의 표정은 비슷했다. 하나같이 이상하게도 슬픈 표정이었다. 심지어 주인아줌마의 표정도 그러했다.

녀석의 엄마는 오랫동안 울었다. 여섯 칸짜리 월세방이 있는 복도에 밤새 그녀의 울음소리가 울렸다. 누구 하나 그 울음이 시끄럽다는 사람은 없었다.

그녀의 울음소리는 야생에 사는 어느 짐승의 울음과 닮아 있었다. 새끼를 잃은 짐승은 밤이 차도록 울었다.

「 없 는 얼 굴 」

녀석이 있다는 걸 알고 있다. 보이지 않는다고 없는 게 아니다.

냉기가 사라지지 않은 우유, 먹다 만 샌드위치, 불 켜진 화장실, 방 앞에 떨어진 양상추 조각. 어지간히 급하게 몸을 숨긴 모양이다.

일부러 큰 소리를 내며 거실 소파에 앉았다. 창밖으로 한강과 더불어 하늘을 향해 늘어선 마천루가 보였다. 서울에 올 때마다 한강이 보이는 저 높은 아파트에 어떤 인간들이 사는지 궁금했는데 바로 이모와 이모부 같은 사람이었다.

그리고 한 녀석.

이모부가 '없는 놈'이라고 부르는 저 녀석이다.

그래도 열여섯,

여전히 중3이 되지 못한,

아직은 이모와 이모부의 하나밖에 없는 자식일 거다. 아직은.

"살아 있냐?"

식탁에 있던 아몬드를 씹으며 녀석의 방 앞에 주저앉았다. 오도독, 고소한 향과 신선한 식감이 입안 가득 퍼졌다.

"너 여의도 병원이 어딘지 알아? 하긴, 거기에 숨은 지 일 년도 넘은 새끼한테 뭘 물어보겠냐……."

보이지 않는 녀석을 상대로 지껄이는데 이거 나쁘지 않다. 이 녀석이 내 맞춤형이었다. 아무리 떠들어도 말대꾸하는 사람이 없으니 속은 편하다.

방 안에 기척이 있는지 보려고 잠시 숨을 골랐다.

조용하다. 한밤중 낚시꾼이 낚싯대를 던져 놓고 입질을 기다리는 심정이다. 아버지와 밤낚시를 갈 때마다 지금과 비슷한 기분을 느꼈다. 컴컴한 어둠을 바라보듯 녀석의 방 안에 있는 침묵을 노려보고 있다.

스으윽…….

드디어 녀석이 움직였다. 조심스럽게 움직이는 녀석의 기척이 들렸다. 녀석도 문 앞에 있었던 게 분명했다. 그래, 넌 없는 놈이 아니었다.

너도 사람이 그리웠을 거다. 누구나 그러하니까.

회사에 다니는 이모는 늦게 온다고 했고, 이모부는 녀석이 이렇게 되고부터는 늦은 퇴근이 일상이라고 했다.

나는 녀석이 미처 다 마시지 않은 우유와 먹다 남은 샌드위치를 들고 녀석의 방 앞에 다시 앉았다.

딱히 할 일도 없었고 아는 사람도 없을뿐더러 갈 곳이라고는 병원뿐이었다. 그러니까 이번에는 엄마 말대로 그 녀석을 만나 볼 참이다. 가능하다면.

"여의도 병원 진짜 몰라? 지도 앱 보니까 걸어서 십오 분 거리던데?"

"……."

"야, 우리 마지막으로 본 게 언제지? 할아버지 돌아가셨을 때 봤으니까, 언제더라? 내가 중3 때니까…… 벌써 2년이나 지났네. 그러고 보니 무진장 오래됐다. 사촌이 다 그렇지, 뭐. 요즘은 남보다 먼 게 사촌이라더라. 우리 엄마랑 너희 엄마가 사이가 좋았다면 조금 달랐겠지만 난 이것도 나쁘진 않다고 봐. 친척이네, 가족이네 하면서 데굴데굴 몰려다니는 거 진짜 피곤하거든.

엄마랑 이모가 사이가 안 좋아서 다행이라는 거지. 하여튼 이 집 식구들이 별나긴 해. 너만 해도 별난 놈이잖아."

"……."

"나 혼자 뭐라니?"

혼자 중얼거리다 보니 내가 미친놈 같았다. 그렇다고 이 상황이 다 싫은 건 아니었다. 우리 집구석에서는 절대 누릴 수 없는 걸 여기서 누리고 있는 셈이다.

할머니, 아빠, 엄마, 늦둥이 란이, 나 포함 다섯 식구가 바글바글한 집에서는 사생활이라는 게 없다. 특히 이제 4학년이 된 란이는 거의 껌딱지처럼 나를 따라다닌다.

"오빠 뭐 해?"

노크도 없이 방문을 열어젖히는 건 다반사고,

"엄마, 오빠 이상한 거 봐!"

휴대폰으로 영화라도 볼라치면 고자질에,

행여 방문을 걸어 잠그면,

"오빠, 문 잠그고 뭐 해? 오빠!"

피곤 지수 이백 프로다.

이런 환경에서 버틸 수 있다는 게 대단한 정신 승리다.

이래저래 따지고 보면 방 안에 갇혀 살아야 할 사람은 저 녀석이 아니라 나란 말이다.

대기업 고액 연봉자인 엄마와 사립대 교수인 아빠를 둔 저 녀석보다야 여러모로 내가 불리한 상황이지만 여태 잘 버티고 산 것이다. 이번 일만 아니라면.

"해식이 새끼가 이런 일을 저지를 줄은 상상도 못 했어. 원래 심심한 애니까 조금 놀려 준 것뿐인데 덜컥 일을 저질렀단 말이지. 그게 다 내 탓이라는 거야! 나는 아무리 생각해도 모르겠 거든. 어째서, 왜, 내 탓이냐고? 그냥 걸려든 거 아닐까? 딱 죽고 싶었던 차에 내가 걸려든 거지. 이게 딱 들어맞는 얘기라니까 아무도 안 믿어요."

너무 억울하면 볼 수 없는 게 보이는 건지도 모르겠다. 마치 그 녀석이 내 앞에 앉아 있는 것 같았다.

"야, 말 좀 해 봐. 그 새끼가 쳐 놓은 덫에 내가 멍청하게 걸린 거지?"

주저리주저리 떠들다 보니 벌써 해가 지고 있었다.

한강이 보이는 아파트가 왜 비싼지 알 것 같다. 강변을 끼고 달리는 차들의 불빛은 무리 지어 나는 반딧불이를 닮았다. 사람 이고 곤충이고 무리를 지어 살아야만 안전하다는 욕구는 비슷 한 모양이다. 가장 안전한 무리를 이루고 있는 아파트가 거대한 집 공장처럼 느껴졌다. 반딧불이는 깜박이는 불을 달고 공장 안으로 귀가한다.

때론 그 안전함에서 탈락해 어딘가가 단단히 고장 난 몇몇 사람은 무리에서 이탈하여 다른 우주에 안착한다. 저 녀석이 있는 방 안, 혹은 해식이가 입원한 작은 병실일 수도 있겠다.

이모가 들어온 건 11시가 넘어서였다.

그새 더 야위었다. 앙상하게 말라 가는 나무가 떠올랐다.

"밥은 먹었어?"

이모는 외투와 가방을 소파 위에 던져 놓고는 부엌으로 향했다.

"대충."

"많이 컸네. 이제 아빠보다 더 크겠는걸?"

"작년에도 아빠보다 컸어."

"그래? 좋겠다, 네 엄만."

내가 아빠보다 큰 게 왜 엄마가 좋아할 일인지는 모르겠지만 고개를 끄덕였다.

이모는 말을 하면서 냉장고를 열고 무엇인가를 탐색하는 것 같았다. 처음에는 나한테 줄 음식을 챙기는 줄 알았는데 그게 아니었다.

"아무것도 안 먹었네……."

"먹었어."

"아니, 너 말고……. 됐다, 뭐 좀 더 먹을래?"

"아니."

"진짜? 이모는 라면 먹을 건데."

"음……. 알았어, 내 것도 그럼."

이모는 서둘러 냄비에 물을 받아 인덕션 위에 올렸다.

점심때 라면을 먹고 싶었지만 인덕션을 켤 줄 몰라서 먹지 못한 참이었다. 그런데 이모가 왠지 허둥대는 느낌이었다. 무엇인가에 쫓기는 사람 같았다.

"이모, 옷이나 갈아입어. 라면은 내가 끓일게."

"그래 줄래?"

이모가 빤히 나를 바라보았다.

나도 이모를 바라보았다.

이모가 당장이라도 울 것 같은 표정을 짓다가 방으로 들어갔다.

라면이 다 끓어서 이모를 막 부르려고 할 때쯤, 이모가 방에서 나왔다. 그새 세수까지 한 모양이었다.

나는 라면을 냄비째 식탁에 올려놨다. 그러자 이모가 다용도

실로 들어가더니 작은 상 하나를 들고 나왔다.

"여기서 먹을 거야."

이모는 녀석의 방 앞에다 상을 펼쳤다.

나는 멍하니 이모가 라면과 김치, 젓가락을 작은 상에 놓는 걸 지켜보았다. 그러고서 이모는 대리석 바닥에 그대로 앉았다.

"얼른 와. 라면 불어."

이모는 나를 쳐다보지도 않고 라면을 먹기 시작했다.

라면 냄새가 거실 가득 퍼지고 있었다. 분명히 녀석의 방 안 까지 퍼질 터였다.

이모는 배가 고팠는지 뜨거운 라면을 허겁지겁 먹기 시작했 다. 면발을 어찌나 야단스럽게 빨아 대는지 후루룩 소리가 복도 가득 울렸다.

"천천히 먹어. 이모……."

나는 상 앞에 마주 앉아 김이 모락거리는 라면 냄비 너머로 이모를 쳐다봤다. 분주하던 이모의 젓가락질이 조금씩 느려지 고 있었다. 젓가락으로 들어 올린 면발은 그릇으로 다시 떨어 지고 있었다. 바빴던 것은 이모가 아니라 미세하게 떨고 있는 이모의 젓가락이었다.

"이렇게까지 해야 해?"

"……."

이모의 모습은 처절했다.

라면 맛이 뚝 떨어졌다. 안에 갇혀 있는 녀석을 두고 그 앞에서 라면을 먹는다고 생각하니 라면이, 라면이 아닌 것만 같았다.

"이모……, 그만 먹어."

"아, 내 정신 좀 봐."

이모가 무안한 듯 자신의 그릇을 바라보았다. 곧이어 내가 말릴 틈도 없이 라면 냄비를 들고 가더니 싱크대 개수대에 남은 라면을 들이부었다. 작은 상만 오도카니 방 앞에 남겨졌다. 운동장만큼 큰 아파트에 쓸모라고는 저 상밖에 없는 것처럼 누구도 그 상을 치우지 못했다.

"내일 일어나면 이모는 없을 거야. 아침 일찍 출근해야 하거든. 일하시는 분이 올 텐데 넌 신경 쓰지 않아도 돼. 워낙 일을 잘하시는 분이거든. 아, 그분 오시면 먹고 싶은 거 해 달라고 해. ……지우야, 내일 가야 해?"

이모가 이런저런 얘기 끝에 내게 물었다.

"응."

"며칠 더 있다 가면 안 돼? 아니다, 모레 가면 안 돼?"

과일을 깎다 말고 이모가 나를 바라봤다. 이모가 든 과도가

미세하게 떨리고 있었다.

"아, 알았어."

"그래, 잘됐다. 과일 먹자."

이모는 과일을 담은 접시를 또 어김없이 작은 상으로 가져 갔다.

우리는 녀석의 방문이 마주 보이는 벽에 등을 기대고 앉아 과일을 먹었다.

"너는 왜 사고를 친 건데?"

이모가 물었다.

"그런 거 아니거든."

"그래. 별일 아닐 거야. 넌 원래 착한 아이니까. 잘 해결할 수 있지?"

"그럼. 이모는 걱정하지 않아도 돼."

이모는 더는 묻지 않았다. 궁금하지 않아서가 아니라 알고 싶지 않은 거였다. 이모에게는 차고 넘치도록 알고 싶은 녀석이 있기 때문이다. 저 방 안 자신만의 우주 속에 있는 녀석 말이다.

"이모부 안 와?"

어느새 자정이 넘었다.

"몰라."

"같이 안 살아?"

"같이 살아."

"그런데 몰라?"

"응."

이모는 방문을 빤히 바라보며 대답했다. 별로 대답하고 싶지 않은 것 같아서 나도 묻지 않았다.

잠시 후 이모가 힘겹게 일어섰다.

"먼저 잘게. 너는 저 방에서 자면 돼."

이모가 녀석의 옆방을 가리켰다.

"알았어."

"돈은 있니?"

"있어."

이모는 소파에 던져 놓은 가방에서 지갑을 꺼내더니 만 원짜리 몇 장을 내 손에 쥐어 주고는 안방으로 들어갔다.

엄마와 이모는 원래부터 사이가 그리 좋지 않았지만 녀석과 나는 일 년에 두어 번은 만나곤 했다. 대개가 방학 때였다. 여름 방학이면 우리와 함께 계곡에 갔고 겨울방학에는 이모와 함께 스키장에 가기도 했다. 그런데 녀석이 방에서 나오지 않자 그나마 가끔 만나던 우리의 관계도 끊어졌다. 엄마는 몇 번이나 나를 이곳에 보내려고 했지만 이모가 번번이 거절한 걸로 알고 있다. 녀석이 저 방에 자신을 가뒀다면 이모는 이모의 세상에 자신을 가두듯 우리로부터 멀어졌다. 애가 타는 건 할머니와 엄마였다. 할머니가 한 번은 이곳에 왔다 갔지만, 눈물 바람으로 돌아왔고 이후로는 누구도 이 선을 넘지 못했다. 선을 넘지 못하자 녀석은 곧 없는 녀석이 되었다. 누구도 녀석에 대해서 말하지 않았다.

그런데, 없는 녀석이 더 있었다. 해식이도 없는 녀석이었다. 나는 해식이가 나와 같은 반이라는 걸 그날 알았다. 눈에 띄지 않았고 굳이 기억할 일이 없었다. 녀석은 누구에게도 들키지 않고 우리 안에 섞여 있었다. 마치 얼굴이 없는 것처럼.

해식이는 늘 혼자였다. 누구도 녀석에게 관심이 없었고 녀석도 마찬가지였다. 이런 녀석은 어느 반에나 있기 마련이고 애써 그런 녀석에게 관심을 둘 만큼 우리는 한가하지 않았다. 고2였고 무얼 해도 바쁜 몸들이어야 했다. 누군가는 공부를, 누군가는 공부와 연애를, 누군가는 공부와 노는 것을, 한두 가지씩은 열중해야 할 무엇이 있었다. 공부를 잘하든 못하든 우리는 모두 대학에 가고 싶었고 무엇을 하든 일단 공부가 먼저였다. 모두가 예민함을 경적처럼 달고 달리는 선수들이었다.

그래서였을까, 해식이의 얼굴을 그날 처음으로 똑바로 보았다.

'가라사대' 놀이는 그렇게 시작되었다.

"누가 수업 시간에 다른 책을 펴 놓고 있어!"

기술가정 시간이었고 노인 문제 탐구라는 도표가 칠판에 그려져 있었다.

하필 내 책상에는 수학 문제집이 있었고 마침 걸려든 것도 나였다.

그때 내 눈에 띈 게 해식이었다. 해식이도 다른 책을 보고 있었다.

다음 날이 중간고사였으니 이상한 일도 아니었다.

"저 녀석이 가라사대 급한 불부터 끄라고 해서요……."

"뭐라고!"

"저놈이요……."

나는 어정쩡하게 손으로 녀석을 가리켰다.

평소대로라면 기술가정 선생님이 웃고 넘어갔어야 한다. 평소대로라면 내게 통박을 주고 주의를 주는 걸로 끝났어야 한다. 평소대로라면.

그날 해식이와 나는 수업이 끝날 때까지 복도에 나가 있어야 했다. 각자 보고 있던 책을 머리에 올린 채였다. 녀석의 머리에는 『호밀밭의 파수꾼』이 위태롭게 앉아 있었다.

그렇게 그 일이 끝날 줄 알았고 나는 제대로 사과조차 하지 않았다. 그나마 나는 다음 날에 있을 시험 과목을 보고 있었지만 해식이는 명분도 없는 소설책이었으니 어느 정도 녀석에게 책임이 있다고 생각한 모양이었다.

수업 시간에 다른 책을 꺼내 놓고 공부하는 건 자주 있는 일이었고, 자주 일어나다 보니 자주 걸리게 되었다. 그럴 때마다 아이들은 '해식이 가라사대'를 외쳤다. 아이들은 놀이처럼 이걸 반복했고, 장난처럼 계속해서 이어진 놀이는 걷잡을 수 없는 방향으로 흘러갔다.

순식간에 해식이는 얼굴을 가지게 되었다. 얼굴을 가지게 된 해식이가 나은 건지 얼굴이 없던 해식이가 나은 건지 모르겠다. 게다가 그 얼굴이 진짜 해식이 얼굴인지 나중에는 헷갈리기 시작했다.

해식이는 당황할수록 얼굴을 숨겼다. 고개를 숙였고, 책상에 엎드렸고, 고개를 돌려 우리를 외면했다. 해식이의 허둥대는 표정은 우리를 웃게 했다. 우리가 크게 웃을수록 해식이의 얼굴이 점점 사라지고 있다는 걸 그땐 알아채지 못했다.

자정과 새벽의 중간에 이모부가 들어왔다. 이모부는 녀석의 방 앞에 꽤 오랫동안 멈춰 섰다. 그러고는 무슨 결심이 섰는지 방문 손잡이를 여러 번 돌려 댔다. 소리가 유난히 크게 들렸다.

　곧이어 이모가 쫓아 나왔다.

　"제발 들어가."

　"놔."

　"들어가라니까."

　"놓으라고."

　"더 깊은 곳으로 숨을 거야. 이번에는 옷장 속이 아닐지도 몰라. 그러니까 그만해."

　"진짜 있는 놈인지 확인해야겠어."

　이 모든 대화가 하나의 톤으로 이어졌다. 높지도 낮지도 않았고, 흥분하지도 화가 난 세기도 아니었다. 너무도 담담해 마치 이들이 진짜 대화를 하는 건지 밖으로 나가 확인하고 싶을 정도였다.

　아무런 소리도 들리지 않는다. 이모와 이모부는 지금 무얼 하고 있을까. 서로의 아픔을 마주 보고 있을까.

　마침내 이모가 말했다.

　"이러다 애 죽어."

다시 조용해졌다.

가슴이 뛰었다. 녀석도 가슴이 뛰고 있을까. 듣고는 있는 걸까. 아니 저곳에 정말 있기는 한 걸까. 있다면 어떤 표정을 짓고 있을까.

이모와 이모부는 잠시 녀석의 방문 앞에 서 있다가 각자의 방으로 귀가했다.

휴대폰 진동이 시끄럽게 울렸다. 적당히 울리다 말 줄 알았는데 기어코 받을 때까지 울릴 모양이다. 확인해 보니 엄마였다.

"일어났어?"

"응."

귀찮아서 스피커폰으로 통화하며 천장을 바라보았다. 이놈의 천장은 우리 집보다 훨씬 높았다. 머리를 모로 돌리자 커다란 창이 그대로 시야에 들어왔다. 눈이 부셨다. 창으로 들어오는 햇살의 세기가 강했다.

"오늘은 꼭 가야 돼. 지난번처럼 그냥 오면 안 되는 거 알지?"

강남터미널까지 왔다가 그냥 내려간 일을 엄마가 콕 짚어 말했다.

"알았어, 알았다고."

"이모는?"

"몰라."

"모르긴 뭘 몰라. 시간 보니까 벌써 출근했지. 이모부는?"

"모른다니까."

"선우는 아직도 집에 있는 거지?"

"알면서 왜 물어."

"도대체 네가 아는 게 뭐야? 이모가 뭐 하는지, 선우는 잘 지내는지 모른단 말이야? 넌 뭘 보고 사는 거야? 응? 그러니까 해식이한테 뭘 잘못했는지 모르는 거 아냐. 거기에 왜 가야 하는지 아직도 모르는 거잖아!"

"아이 진짜, 모르니까 모른다고 하지. 엄마는 다 알아? 엄마도 모르잖아! 내가 알아서 할 테니까 전화 끊어!"

무심코 휴대폰을 던졌다가 벌떡 일어나서 다시 주워 들었다. 다행히 이불 위에 떨어져 깨진 곳은 없었다. 시간을 확인해 보니 벌써 11시가 넘었다. 밖에서 누군가 청소기를 돌리고 있었다. 나와 보니 일하시는 분이었다.

"학생, 일어났네. 점심은 식탁에 차려 놨어. 나도 이것만 하면 끝나. 더 필요한 거 있으면 지금 말하고."

"없어요. 아, 선우 밥은요?"

"식탁에 차려 놓고 퇴근하면 알아서 먹는데 오늘은 어떻게 해야 할지 모르겠네."

"제가 알아서 할게요."

아주머니는 돌리던 청소기를 충전기에 꽂아 놓고 작은 방으로 들어가 옷을 갈아입고 나왔다. 선우 밥을 꼭 챙겨 주라는 당부를 하고는 퇴근을 했다.

잠을 설쳐서 입맛이 없었다. 냉장고에서 우유 하나를 꺼내서 마시고는 녀석의 방 앞에 앉았다. 녀석도 배가 고플 터였다.

"일어났냐? 밥 줄까?"

다시 일어나 어젯밤에 이모가 꺼냈던 작은 상을 찾았다. 상에 식탁에 있는 반찬 몇 가지와 밥까지 퍼서 올렸다. 방금 마신 우유도 컵에 따랐다. 차리고 보니 나쁘지 않은 밥상이었다. 문 앞에 두고 보니 수저와 젓가락이 빠져서 식탁에 있는 걸 챙겨왔다.

문 앞에 밥상을 바짝 밀어 놓았다.

"밥 차려 났어. 언제 먹을 거야? 내가 없어야 먹을 거냐?"

"……."

오도카니 놓인 밥상을 보자 나도 밥상도 더없이 무력하게 느껴졌다. 그 앞에 털썩 주저앉았다.

"어째서 넌 그렇게 힘들 게 사는 거냐? 이유가 뭔데? 무슨 일이 있었던 건데?"

"……."

대답하지 않을 거라는 걸 알면서도 자꾸만 묻게 된다. 빌어먹을, 나도 모르게 욕이 나왔다.

"네가 얼마나 멍청한 새끼인 줄 알아? 그 안에 숨는다고 해결이 되냐고? 뭐가 문제야? 뭐가 무서워서 못 나오는 거냐고? 해식이 새끼도 그렇고 너도 뭐가 그렇게 무서워 도망만 치는 거냐고? 그런다고 해결이 돼? 죽기 살기로 부딪쳐 보란 말이야. 다들 그렇게 살아. 나도 네 엄마도 우리 엄마도 다 그렇게 살거든. 야, 너보다 이모가 먼저 죽겠더라."

"……."

이모도 이모부도 이러한 날들을 견디었을 것이다. 수없이 많은 날을 이 방문 앞에 서서 녀석에게 사정하고 애원하고 때로는 협박도 했을 거다. 그러다 지쳤을 테고 누군가는 포기했을 것이다.

할머니는 극성스러운 이모와 이모부 때문이라고 말했다. 그냥 두면 잘 자라는 걸 억지로 물을 주고 비싼 영양제라며 과하게 약을 먹여서 제 혼자 자랄 틈을 주지 않았다나? 어딘지 모르게 할머니 말이 맞는 것 같지만 요즘 시대에는 한참이나 비껴

간 말이다. 지방에 있는 우리 학교만 해도 '인 서울'이 지상 최대의 목표다. 나도 서울에 있는 대학에 가고 싶었기 때문에 할머니 말에 온전히 동의할 수 없었다. 그 영양제가 과해 독이 되었다고 해도 말이다. 어쨌든 녀석은 잘못 먹은 영양제 탓인지 단단히 고장이 나 버렸다. 누구에게도 자기를 보여 줄 수 없는 불치병이 생겨 급기야 자신을 저 방 안에 가둬 버렸다.

그래도 이것만은 묻고 싶었다.

"거기에 있으면 진짜 안전하다고 생각하는 거냐?"

녀석은 말이 없다. 대답이 없다는 건 정말 그곳에 없거나 자신이 없다고 상대가 생각하길 바라는 거다.

수없이 던진 질문들이 방 앞에 수북이 쌓여 있다. 녀석이 해야 할 말들이 저 방 안에 가득하듯.

해식이도 그랬다. '가라사대 놀이' 앞에 녀석은 점점 사라지고 있었다. 하지 말라거나, 화를 내거나, 조금의 저항이 있었다면 해식이는 사라지지 않았을까? 녀석이 삼킨 말들은 어딘가에 쌓여서 돌아오지 못했다. 선우의 방문처럼 녀석에게도 문이 있었다. 녀석이 쌓아 놓은 말들은 문 너머 어느 우주에서 길을 잃었다.

그래서 왔다. 녀석에게 들어야 할 말이 있으니까.

"해식이가 진짜 죽으려고 한 걸까?"

나는 해식이에게 물어야 할 것을 선우에게 묻기 시작했다. 왜냐하면 당장은 녀석이 내 앞에 있기 때문이다. 해식이한테 가는 길이 너무 멀다. 여기서 십오 분 거리라는데 내게는 백오십일이 지나도 그곳까지 갈 용기가 생기지 않을 것 같았다.

선우에게 말하기 시작하자 이상하리만치 선명해진다.

가라사대를 내가 제일 먼저 했다는 것,

아이들이 돌림노래처럼 가라사대를 했을 때마다 떨어지던 녀석의 고개,

아이들과 함께 웃다 마주쳤던 녀석의 눈빛,

터무니없이 작은 어깨,

이 모든 기억 속에는 녀석을 바라보던 '내'가 있었다.

"내가 잘못한 거냐? 내가 사과해야 하는 거냐고? 우리 엄마가 오버하는 거지. 왜 다른 엄마들처럼 모른 척하지 않는 거냐고? 그러니까 이모랑 사이가 안 좋은 거라고. 그놈의 오지랖 때문에 이모도 질린 거지. 그래서 여기에 못 오게 하는 거야."

억울했다. 아무리 생각해도 억울하다는 생각이 먼저였다.

다행히 죽지 않은 해식이가 왕따나 학폭은 없었다고 말했다지만 담임은 그냥 넘어가지 않았다. 담임의 탐문 수사에 반 아이

들은 서로에게 책임이 있다며 내부 총질을 해 댔다. 그러다 가장 합리적인 방법이라며 놀이의 시작점을 찾기 시작했다. 아무런 잘못도 없다고 생각했는데 시작점을 찾기 시작하자 나는 초조했다. 짧은 며칠 동안 잠을 자지 못했다. 먹어도 먹는 것 같지 않았다. 이 모든 일을 내게 덤터기 씌우는 건 아닌지 걱정으로 며칠을 보냈다. 녀석들은 위기에서 빛나는 기억력으로 나를 찾아냈다. 이 모든 일을 책임질 대표 주자를 찾아낸 것이다. 담임은 가해자가 아닌 반 대표로 가라는 안전한 단서를 달아서 내게 부탁했다. 아무도 만나지 않겠다는 해식이에게 반 대표로 가 달라는 것이다. 심지어 전후 사정을 들은 엄마는 시원하게 인정까지 해 줬다. 내게도 책임이 있다는 거였다.

"야, 말 좀 해 봐!"

"······."

"내 탓이 아니라고 말 좀 해 보라고! 그깟 일에 자기 목숨을 던지는 새끼가 어디 있냐고? 말 한마디에 죽는다면 벌써 다 죽었을 거라고. 내가 뭘 해야 하는데? 내가 등을 떠민 것도 아니잖아. 그 새끼는 내가 죽길 바라는 거라고. 정말 내가 죽길 바라는 걸까? 응?"

"······."

"병신 새끼!"

갑자기 속이 뒤틀렸다. 어쩌자고 나는 녀석에게 이런 말들을 쏟아 낸 걸까.

그대로 소파에 가서 누워 버렸다. 해식이가 있는 병원에 가야 하는데, 그냥 눕고 말았다.

어느새 눈이 감겼다. 졸린 것 같기도 하고 만사가 귀찮았다. 이대로 집에 간다 한들 엄마가 알 턱이 없다. 어차피 해식이가 죽은 것도 아니다. 정신과 치료를 받는 해식이한테 오히려 내가 가는 게 나쁠지도 모른다. 어쩌면 날 보고 싶지 않을 수도 있다.

어쩌다 보니 그대로 잠이 든 모양이다. 아니, 잠인지 멍한 건지 헷갈리는 몇 시간이었다. 얼마나 누워 있었을까, 일어났을 때 밖이 어두워지고 있었다. 겨울이라 낮이 짧기도 했지만 꽤 오랫동안 그 자세로 누워 있었다.

딸깍!

그때, 문소리가 들렸다.

몸이 반사적으로 복도 쪽을 향했다. 모든 감각이 선우를 향해 곤두섰다. 분명히 문을 여는 소리이거나 문이 닫히는 소리였다. 확인하기 위해서 천천히 일어섰다. 서두르면 모든 것을 망쳐 버릴까 봐 조심, 또 조신했다. 녀석이 놀라지 않도록 조심스럽게 녀석의 방 쪽으로 다가갔다.

녀석의 방문은 그대로였다. 내가 차려 놓은 밥상도 그대로였다. 그 위에 노란 메모지가 있었다.

가까이 다가가 메모지를 보았다.

아무것도 하지 않으면 그 형은 사라질 거야.

녀석을 닮은 글씨체였다. 단정하고 동글동글하니 다정한 문체였다.

녀석이 꽤나 다정했다는 걸 잊었다. 선우는 친절한 아이였다. 예민한 이모와도 달랐고 까칠한 이모부와는 더 달랐다. 말수가 적어서 그렇지 언제나 진중한 면이 있었다. 그러고 보니 녀석과 해식이는 닮은 구석이 있었다. 자기 안의 선이 분명했던 아이, 여린 아이, 수줍은 아이였다.

메모지를 뚫어져라 보다 그대로 주저앉았다.

"……사라진다고? 죽을지도 모른다는 소리야? 왜……. 어째서……."

"……."

메모지가 무슨 돌멩이처럼 무거웠다.

"용기가 안 나……."

"……."

"만나 주지 않을 거야. ……날 바라봤다고. 아이들이 놀릴 때마다 날 바라봤어, 구해 달라고……."

시큰하니 눈이 뜨거워졌다.

"도저히 갈 수가 없어……. 날 용서해 주지 않을 거라고."

무릎을 모은 채 팔로 감싸 안았다. 내가 안을 수 있는 것이 그것밖에 없었다.

나에게서 밤잠을 앗아 간 것이 무엇인지 그제야 알았다. 바로 해식이의 얼굴이었다. 당황한 표정이 가득한 얼굴, 입을 꽉 다문 얼굴, 나의 무심한 눈과 마주쳤다 실망한 녀석의 얼굴이었다. 마치 아무 일도 아닌 것처럼 나는 해식이 얼굴을 보고 웃었다.

그 과정은 지독하게 조용했다. 누군가의 눈빛은, 삼켜 버린 말들은, 무안한 표정은 소리가 없었다. 그래서 모른 척하기에 더할 나위 없이 좋았다.

"아아악!"

나도 모르게 소리를 지르고 말았다.

"해식이 얼굴을 볼 수가 없어. 녀석이 어떤 표정으로 날 바라볼지 무섭단 말이야!"

솔직하게 말하니 후련했다. 시큰한 눈에 뜨거움이 차올랐다.

그때였다.

딸깍!

방문의 잠금장치가 풀렸다. 방문이 서서히 열렸다. 나는 고개를 들어 위를 바라보았다.

선우가 열린 문 앞에 서 있었다.

분명히 선우였다.

녀석은 두 눈이 있는 곳에 구멍을 낸 까만 비닐봉지를 머리에 쓰고 있었다.

"선우야……."

나도 모르게 녀석을 불렀다.

선우의 얼굴이 없다. 순간 저 비닐봉투 안에 있는 녀석이 해식이일지도 모른다고 생각했다. 해식이 눈이 울고 있다. 아니, 선우 눈이 울고 있다. 우리는 서로의 눈을 보며 울었다.

"같이 가자……."

까만 봉지 속 선우가 말했다. 마치 해식이가 같이 가자며 손을 내미는 것 같았다.

나는 천천히 일어서서 녀석의 손을 잡았다. 아직 얼굴은 없지만 따뜻하고 다정한 손이었다.

작가의 말

강연에서 만난 녀석은 눈에 장난기가 가득했다. 안경 너머 눈동자를 굴리며 자기는 날 수 있다고 말했다.

눈은 웃고 있었지만 사뭇 진지했다.

그래서 녀석에게 깃털을 주기로 했다.

어쩌면 여섯 개의 손가락으로 세상을 가리키는 아이가 있을지도 모른다. 퇴화한 아가미를 가지고 유영하는 아이가 있는 것처럼. 얼굴이 사라지길 바라지만 진짜 자기 얼굴을 갖고 싶은 아이, 슬픈 양을 떠나보내야 했던 아이, 가난을 화장실에서 만난 아이에게도 깃털을 주고 싶었다.

고단한 세상을 살아야 하는 아이들에게 정말 필요한 것은 깃털이었는지도 모르겠다. 지상으로 떨어질 때 한번은 멈출 수 있는 작은 날개라면 족하다. 추락의 속도가 줄어들지도 모른다. 추락의 세기가 약해 지상으로 떨어진다 해도 덜 아플지 모른다. 떨어진다 해도 툭툭 털고 일어서 날갯죽지를 힘차게 흔들어 작은 깃털로 다시 날아오른다면 더할 나위 없겠다.

그렇게 나는 녀석에게 깃털을 주었고 녀석은 내게 즐거움을 주었다. 지치고 고단한 글쓰기에 찾아온 청량한 바람이었다.

윤해연

블루픽션 82

녀석의 깃털

1판 1쇄 펴냄 2022년 11월 18일
1판 2쇄 펴냄 2023년 6월 6일

지은이 윤해연
펴낸이 박상희
편집주간 박지은
편집 장은혜
디자인 어나더페이퍼, 이희영

펴낸곳 (주)비룡소
출판등록 1994년 3월 17일 제16-849호
주소 06027 서울시 강남구 도산대로1길 62 강남출판문화센터 4층
전화 02)515-2000 팩스 02)515-2007
홈페이지 www.bir.co.kr
제품명 어린이용 반양장 도서 제조자명 (주)비룡소 제조국명 대한민국 사용연령 3세 이상

ISBN 978-89-491-9259-8 44800
      978-89-491-2053-9 (세트)

| 블루픽션 시리즈

1. 스켈리그 데이비드 알몬드 글/ 김연수 옮김

안데르센 상, 엘리너 파전 문학상, 카네기 상, 휘트브레드 상, 마이클 L.프린츠 상,
어린이도서연구회 권장 도서, 책교실 권장 도서, 중앙독서교육 추천 도서

2. 운하의 소녀 티에리 르냉 글/ 조현실 옮김

소르시에르 상, 어린이도서연구회 권장 도서

4. 0에서 10까지 사랑의 편지 수지 모건스턴 글/ 이정임 옮김

밀드레드 L. 배첼더 상, 어린이도서연구회 권장 도서

5. 희망의 섬 78번지 우리 오를레브 글/ 유혜경 옮김

안데르센 상 수상 작가, 밀드레드 L. 배첼더 상, 머더카이 상, 아침햇살 선정 좋은 어린이 책,
중앙독서교육 추천 도서, 책교실 권장 도서, 책따세 추천 도서

6. 뤽스 극장의 연인 자닌 테송 글/ 조현실 옮김

프랑스 '올해의 청소년 책', 소르시에르 상, 어린이도서연구회 권장 도서, 열린 어린이가 뽑은 좋은 책

7. 시인 X 엘리자베스 아체베도 글/ 황유원 옮김

카네기상, 내셔널 북 어워드, 마이클 L. 프린츠 상, 보스턴 글로브 혼 북 상, 골든 카이트 어워드,
아침독서 추천 도서

9. 이매지너리 프렌드 매튜 딕스 글/ 정회성 옮김

10. 초콜릿 전쟁 로버트 코마이어 글/ 안인희 옮김

미국 도서관 협회 선정 도서, 뉴욕타임스 선정 도서, 어린이도서연구회 권장 도서

11. 전갈의 아이 낸시 파머 글/ 백영미 옮김

뉴베리 상, 국제 도서 협회 선정 도서, 마이클 L. 프린츠 상, 책교실 권장 도서, 어린이도서연구회 권장 도서

13. 나의 산에서 진 C. 조지 글/ 김원구 옮김

뉴베리 상, 미국 도서관 협회 선정 도서, 어린이도서연구회 권장 도서,
열린 어린이가 뽑은 좋은 책, 책교실 권장 도서

15. 우리 형은 제시카 존 보인 글/ 정회성 옮김

줏대있는 어린이 추천 도서

17. 푸른 황무지 데이비드 알몬드 글/ 김연수 옮김

안데르센 상, 엘리너 파전 문학상, 스마티즈 상, 마이클 L.프린츠 상, 어린이도서연구회 권장 도서

18. 킬리만자로에서, 안녕 이옥수 글

학교도서관저널 추천 도서

20. 기억 전달자 로이스 로리 글/ 장은수 옮김

뉴베리 상, 보스턴 글로브 혼 북 명예상, 어린이도서연구회 권장 도서,
열린 어린이가 뽑은 좋은 책, 교보문고 추천 도서

22. 내 인생의 스프링캠프 정유정 글

세계청소년문학상, 문화관광부 교양 도서, 어린이도서연구회 권장 도서,
교보문고 추천 도서, 학도넷 추천 도서

23. 줄무늬 파자마를 입은 소년 존 보인 글/ 정회성 옮김

아일랜드 '오늘의 책', 행복한 아침독서 추천 도서, 교보문고 추천 도서

25. 파랑 채집가 로이스 로리 글/ 김옥수 옮김

어린이도서연구회 권장 도서

26. 하이킹 걸즈 김혜정 글

블루픽션상, 한국문화예술위원회 우수문학도서, 책따세 추천 도서, 학도넷 추천 도서

27. 지구 아이 최현주 글

제11회 블루픽션상 수상작

28. 나는 브라질로 간다 한정기 글

황금도깨비상 수상 작가, 소년조선일보 추천 도서, 중앙일보 추천 도서

29. 키싱 마이 라이프 이옥수 글

한국문화예술위원회 우수문학도서, 어린이도서연구회 권장 도서, 교보문고 추천 도서,
전국독서새물결모임 추천 도서, 학교도서관저널 추천 도서

30. 꼴찌들이 떴다! 양호문 글

블루픽션상, 행복한 아침독서 추천 도서, 교보문고 추천 도서, 책따세 추천 도서,
경기도학교도서관사서협의회 추천 도서, 중앙일보 북클럽 추천 도서

31. 우연한 빵집 김혜연 글

문학나눔 선정 도서, 학교도서관저널 추천 도서, 책따세 추천 도서, 아침독서 추천 도서,
어린이도서연구회 추천 도서

32. 생쥐와 인간 존 스타인벡 글/ 정영목 옮김

미국 도서관 협회 선정 도서, 국립어린이청소년도서관 추천 도서

33. 두 개의 달 위를 걷다 샤론 크리치 글/ 김영진 옮김

뉴베리 상, 미국 어린이 도서상, 스마티즈 북 상, 영국독서협회 상 수상작,
경기도학교도서관사서협의회 추천 도서, 학도넷 추천 도서

34. 침묵의 카드 게임 E. L. 코닉스버그 글/ 햇살과나무꾼 옮김

스쿨 라이브러리 저널 선정 최고의 책, 에드거 앨런 포 상 노미네이트,
경기도학교도서관사서협의회 추천 도서, 아침독서 추천 도서

35. 빅마우스 앤드 어글리걸 조이스 캐럴 오츠 글/ 조영학 옮김

스쿨 라이브러리 저널 선정 최고의 책, 미국 도서관 협회 선정 최고의 청소년 책,
뉴욕 공립 도서관 추천 도서, 학교도서관저널 추천 도서

36. 서쪽 마녀가 죽었다 나시키 가오 글/ 김미란 옮김

소학관 문학상, 일본 아동문학가협회 신인상, 한국간행물윤리위원회 청소년 권장 도서,
어린이도서연구회 권장 도서, 아침독서 추천 도서, 책따세 추천 도서

37. 닌자걸스 김혜정 글

전국학교도서관담당교사모임 추천 도서, 아침독서 추천 도서

38. 첫사랑의 이름 아모스 오즈 글/ 정회성 옮김

안데르센 상, 제브 상

39. 하니와 코코 최상희 글

블루픽션상, 사계절문학상 수상 작가, 학교도서관저널 추천 도서

40. 파랑 치타가 달려간다 박선희 글

제3회 블루픽션상 수상작, 학교도서관저널 추천 도서, 아침독서 추천 도서,
어린이도서연구회 권장 도서, 책따세 추천 도서, 문화체육관광부 우수교양도서

41. 나는, K다 이옥수 글

학교도서관저널 추천 도서

42. 어쩌자고 우린 열일곱 이옥수 글

한국도서관협회 우수문학도서, 학교도서관저널 추천 도서

43. 앉아 있는 악마 김민경 글

44. 최후의 Z 로버트 C. 오브라이언 글/ 이진 옮김

뉴베리 상 수상 작가

46. 줄리엣 클럽 박선희 글

제3회 블루픽션상 수상 작가, 대한출판문화협회 선정 올해의 청소년 도서,
한국도서관협회 선정 우수문학도서

47. 번데기 프로젝트 이제미 글

제4회 블루픽션상 수상작

48. 뚱보가 세상을 지배한다 K.L. 고잉 글/ 정회성 옮김

마이클 L. 프린츠 아너 상

49. 파랑 피 메리 E. 피어슨 글/ 황소연 옮김

미국학교도서관저널, 미국도서관협회 선정 청소년 분야 '최고의 책',
학교도서관저널 추천 도서, 책따세 추천 도서

50. 판타스틱 걸 김혜정 글

제1회 블루픽션상 수상 작가, 대한출판문화협회 선정 올해의 청소년 도서,
고래가 숨쉬는 도서관 선정 도서, 한국도서관협회 선정 우수문학도서,
경기도학교도서관사서협의회 추천 도서

51. 어쨌거나 스무 살은 되고 싶지 않아 조우리 글

제12회 블루픽션상 수상작

52. 우리들의 짭조름한 여름날 오채 글

마해송 문학상 수상 작가, 한국도서관협회 선정 우수문학도서,
국립어린이청소년도서관 추천 도서, 경기도학교도서관사서협의회 추천 도서,
2017 순천시 One City One Book 선정 도서

53. 웰컴, 마이 퓨처 양호문 글

제2회 블루픽션상 수상 작가, 대한출판문화협회 선정 올해의 청소년 도서,
경기도학교도서관사서협의회 추천 도서

54. 초록 눈 프리키는 알고 있다 조이스 캐럴 오츠 글/ 부희령 옮김

미국 내셔널북어워드, 오헨리 상 수상 작가, 경기도학교도서관사서협의회 추천 도서,
국립어린이청소년도서관 추천 도서

56. 메신저 로이스 로리 글/ 조영학 옮김

뉴베리 상, 보스턴 글로브 혼 북 명예상 수상 작가, 경기도학교도서관사서협의회 추천 도서

59. 고백은 없다 로버트 코마이어 글/ 조영학 옮김

전미 도서관 협회 선정 청소년을 위한 최고의 책,
퍼블리셔스 위클리 선정 최고의 책, 북리스트 편집자의 선택

61. 개 같은 날은 없다 이옥수 글

2013 서울 관악의 책 , 목포시립도서관 추천 도서 , 울산남부도서관 올해의 책,
책따세 추천 도서, 한국간행물윤리위원회 청소년 권장 도서, 한국도서관협회 우수문학도서,
국립어린이청소년도서관 추천 도서

63. 명탐정의 아들 최상희 글

제5회 블루픽션상 수상 작가, 문화체육관광부 우수교양도서

64. 갈까마귀의 여름 데이비드 알몬드 글/ 정회성 옮김

안데르센 상, 엘리너 파전 문학상, 카네기 상, 휘트브레드 상 수상 작가

65. 파랑의 기억 메리 E. 피어슨 글/ 황소연 옮김

67. 하필이면 왕눈이 아저씨 앤 파인 글/ 햇살과나무꾼 옮김

카네기 메달, 가디언 어린이 픽션 상

68. 반드시 다시 돌아온다 박하령 글

제10회 블루픽션상 수상작, 학교도서관저널 추천 도서, 세종도서 문학나눔 선정 도서

69. 원더랜드 대모험 이진 글

제6회 블루픽션상 수상작, 국립어린이청소년도서관 추천 도서, 아침독서 추천 도서

70. 나는 일어나, 날개를 펴고, 날아올랐다 조이스 캐럴 오츠 글/ 황소연 옮김

미국 내셔널북어워드, 오헨리 상 수상 작가

71. 칸트의 집 최상희 글

제5회 블루픽션상 수상 작가, 아침독서 추천 도서, 세종도서 문학나눔 선정 도서

72. 태양의 아들 로이스 로리 글/ 조영학 옮김

뉴베리 상, 보스턴 글로브 혼 북 명예상 수상 작가

73. 마법의 꽃 정연철 글

푸른문학상 수상 작가, 세종도서 문학나눔 선정 도서, 학교도서관저널 추천 도서

74. 파라나 이옥수 글

학교도서관저널 추천 도서, 사계절문학상 수상 작가, 책따세 추천 도서, 국립어린이청소년도서관
추천 도서, 세종도서 문학나눔 선정 도서, 아침독서 추천 도서

75. 그 여름, 트라이앵글 오채 글

마해송 문학상 수상 작가, 국립어린이청소년도서관 추천 도서, 아침독서 추천 도서

76. 밀레니얼 칠드런 장은선 글

제8회 블루픽션상 수상작, 학교도서관저널 추천 도서, 아침독서 추천 도서

77. 아르주만드 뷰티 살롱 이진 글

블루픽션상 수상작가, 한국출판문화진흥원 우수 콘텐츠 제작 지원 당선작

78. 굿바이 조선 김소연 글

79. 신이 죽은 뒤에 윌 힐 글/ 이진 옮김

80. 당첨되셨습니다 – SF 앤솔러지 길상효 오정연 전혜진 정재은 홍준영 곽유진 홍지운
이지은 이루카 이하루 글

81. 순례 주택 유은실 글
2021 중구민 한 책 선정, 2022 광주시 동구 올해의 책, 2022 미추홀구의 책,
2022 양주시 올해의 책, 2022 원 북 원 부산 올해의 책, 2022 원 북 원 포항 올해의 책,
2022 원주시 한 도시 한 책 읽기 선정 도서, 2022 익산시 올해의 책,
2022 전남도립도서관 올해의 책, 2022 전주시 올해의 책, 2022 평택시 올해의 책,
국립어린이청소년도서관 추천 도서, 문학나눔 우수문학 도서,
서울시 교육청 어린이도서관 추천 도서, 아침독서 추천 도서, 2022 대구 올해의 책,
2023 청주, 구미, 금산군 올해의 책

82. 녀석의 깃털 윤해연 글
학교도서관저널 추천 도서

83. 모두의 연수 김려령 글

⊙ 계속 출간됩니다.